Wünsche für die Weihnachtszeit

Ein winterlicher Kurzroman

AF220832

Über das Buch

Eine Kleinstadt in England wird zum Schauplatz vergessen geglaubter Weihnachtswünsche und großen Gefühlen in der gemütlichsten Zeit des Jahres.

Hellen arbeitet in einer kleinen Werkstatt und ist durch und durch Weihnachtsfan. Und die magische Winterzeit könnte so schön sein, wäre da nicht Chris Franklin. Die junge Frau wollte ihm bloß schonend beibringen, dass sein Auto mit den defekten Bremsen noch nicht wieder repariert ist. Stattdessen verspricht sie ihm, dass sie den persönlichen Chauffeur für ihn und seinen kleinen Bruder spielt. Da hat Hellen die Rechnung aber nicht mit der mürrischen und impulsiven Art des Mannes gemacht und findet sich statt in wohliger Weihnachtsstimmung in einem echten Gefühlschaos wieder. Das Beste wäre es sicher, wenn sie einfach so tut, als seien sich die beiden nie begegnet. Wenn es in einer Kleinstadt bloß so leicht wäre, sich aus dem Weg zu gehen.

Bianca Magens

Wünsche für die Weihnachtszeit

Ein winterlicher Kurzroman

Bibliographische Information der Deutschen Nationalbibliothek: Bibliografische Information der Deutschen Nationalbibliothek: Die Deutsche Nationalbibliothek ver-
zeichnet diese Publikation in der Deutschen Nationalbib-
liografie; detaillierte bibliografische Daten sind im Internet über dnb.dnb.de abrufbar.

© 2019 Bianca Magens
bianca.magens@gmx.de
Instagram: bianca.magens.autorin

Herstellung und Verlag: BoD – Books on Demand,
Norderstedt

Covergestaltung © Bianca Magens

ISBN: 9783751999021

Claires Weihnachtsplaylist

Merry Christmas Everyone von Shakin' Stevens

Santa Clause is Coming to Town von Michael Bublé

Driving Home for Christmas von Chris Rea

Hallelujah von Pentatonix

All I Want (for Christmas) von Liam Payne

I'll be Home von Meghan Trainor

Winter Wonderland von Leona Lewis

Santa's Coming for Us von Sia

It's Christmas Time Again von den Backstreet Boys

Underneath the Tree von Kelly Clarkson

Eins

"Nein, Audrey ist der Nachname, nicht der Vor-name."

Ich seufze laut und es ist mir egal, dass der Mann am anderen Ende der Leitung es hören kann.

"Bremsscheiben also?" Die tiefe Stimme, dir mir antwortet, ist unbeeindruckt und gelangweilt. Ich verdrehe die Augen. Nicht, dass ich schon seit mehr als fünf Minuten versuchen würde, zehn Bremsscheiben zu bestellen.

"Ganz genau. Wir bestellen immer bei Ihnen, Sie müssten unsere Adresse haben", sage ich und schiebe zwei kleine Schrauben auf dem Tisch vor mir hin und her, während ich auf eine Antwort warte. Meine ölverschmierten Hände hinterlassen kleine Striemen auf dem Metalltisch, sie wegzuwi-schen ist sinnlos, aber ich versuche es trotzdem. Dabei mache ich es nur schlimmer und schüttele den Kopf über mich selbst. Ich höre, wie am ande-ren Ende der Leitung jemand auf einer Tastatur tippt.

Weil ich keine Antwort bekomme, wiederhole ich mich. "Also, 10 Bremsscheiben. Meinen Namen und die Adresse haben Sie, ja?"

"Hellen Audrey. 10 Bremsscheiben. Sind übermorgen da, wenn keiner von uns krank wird." Der Mann legt auf, bevor ich seine knappen Anweisungen bestätigen oder mich bedanken kann. Wenigstens hat er dieses Mal meinen Namen richtig genannt.

Übermorgen. Und dann ist die Bremse noch lange nicht repariert. Das heißt, dass ich dem Kunden irgendwie erklären muss, dass sein Auto erst in drei Tagen fertig sein wird. Meine Erfahrung sagt mir, dass er das nicht gut finden wird.

Der Nachteil an einer Kleinstadt wie Rye ist definitiv, dass alles ein bisschen langsamer vonstattengeht. In London wären die Bremsscheiben wohl schon heute Abend da. Hier dauert es ganze zwei Tage. Dafür kenne ich keine gemütlichere Stadt – und keine schönere Werkstatt. Eine mit einem bunten Garagentor, mit breiten Blumenkübeln vor der Tür. Eine Werkstatt mit selbstgemaltem Willkommensschild in Form eines alten Minis. Und eine inmitten einer wunderbar mittelalterlichen Stadt, umgeben von drei Flüssen und mit Einwohnern, die sich alle persönlich zu kennen scheinen. Hier gibt es geballten englischen

Charme und allein der entschädigt für die winzigen Unannehmlichkeiten, die das Kleinstadtleben mit sich bringt.

"Hellen, hast du jemanden erreichen können?", ruft Claire vom Stockwerk obendrüber. Eine gewundene Holztreppe führt direkt von der Werkstatt in das Büro meiner Chefin. Mein Arbeitsplatz ist geschnitten wie eine Maisonette-Wohnung und ist daher näher an meiner Traumwohnung, als meine eigenen vier Wände es sind. Dort ist das Teuerste, was ich habe, mein Kaffeevollautomat.

"Ja, die Bremsscheiben sind erst übermorgen da", wiederhole ich geknickt. Meine Lippen bewegen sich synchron zu dem, was Claire dann sagt.

"Na super." Ihr Standardspruch, wenn etwas nicht so läuft, wie sie es sich gerne wünscht. Dann poltert sie die Treppe herunter, ihr Handy in der Hand. Sie nimmt zwei Stufen auf einmal und ich halte die Luft an aus Angst, dass sie eines Tages die die letzten Meter herunterfällt, anstatt sie herunterzuspringen, als wäre sie ein Teenager.

Claires rote Haare stehen in alle Richtungen ab. Der halblange Bob ist zu kurz, um einen Zopf zu binden, der all die störrischen Strähnen bändigt. Also hat sie sich ein Tuch um die Stirn gewickelt, damit ihre Haare ihr wenigstens beim Arbeiten nicht ins blasse Gesicht fallen.

"Ich muss Kassie vom Kindergarten abholen", sagt meine Chefin, als sie bei mir steht. Die pink-farbene Latzhose, die sie trägt, bringt mir trotz meiner aufkeimenden schlechten Laune ein Lächeln ins Gesicht. Bunte Arbeitskleidung ist schon seit den ganzen vier Jahren, die wir nun gemeinsam in der Werkstatt arbeiten, ihr Markenzeichen. Und auch das Werkzeug, das sie benutzt, ist bunt. Passend zu ihrem Temperament und ein völliger Gegensatz zu mir.

"Warum, geht es ihr nicht gut?", will ich besorgt wissen. Kassie ist Claires fünfjährige Tochter und hat nicht nur das Temperament, sondern vor allem die Haarfarbe ihrer Mutter geerbt.

"Sie hat schon geweint, als ich sie vorhin hingebracht habe. Ich weiß auch nicht, was los ist, aber sie scheint mich heute ganz besonders zu vermissen. Ist es okay, wenn ich sie herbringe?", erklärt Claire mir und zieht sich parallel dazu ihre knielange Daunenjacke an. Innerlich weiß ich, dass die Frage rhetorischer Natur war, aber insgeheim genieße ich es, das quirlige Mädchen um mich herum zu haben.

Ich bin die hektische Ader meiner Chefin gewohnt und habe gelernt, ihre hastig dahingeworfenen Anweisungen zu verinnerlichen und sie mir gut zu merken. Es kommt hin und wieder vor, dass sie ein paar Minuten später selbst nicht mehr genau weiß, was sie mir aufgetragen hat. "Mit dem dunklen Mercedes musst du noch eine Probefahrt machen, den Kleinwagen im Hof musst du überprüfen, da stimmt was mit der Kupplung nicht. Ach ja, und natürlich musst du den Mann von diesem fetten Jeep da draußen anrufen, dass er sein geliebtes Auto erst in drei Tagen bekommt. Aber das weißt du ja eigentlich alles. Schieb die unangenehme Aufgabe nicht zu lange auf, Schätzchen. Die Nummer ist oben auf meinem Schreibtisch. Irgendwo. Post-it mit Kennzeichen, du kennst ja meine Unordnung. Magst du was essen? Ach, ich bringe einfach was mit."

Claire umarmt mich knapp und ist dann aus der Holztür in den Innenhof getreten. Sekunden später höre ich ihr Auto aufröcheln und wie sie schlitternd losfährt.

Die Straßen sind voller Matsch, Stellen der Gehwege vereist. Es sind noch genau fünf Wochen bis Weihnachten und das Wetter macht Rye zu einem verschlafen wirkenden Wintertraum. Die Fachwerkhäuser und kleinen Geschäfte sind mit Weihnachtsmännern, glitzernden Girlanden und schillernden Kugeln geschmückt. Allein beim Gedanken daran muss ich lächeln und vergesse für ein paar Momente, dass die Arbeit auf mich wartet.

Wir sind neben einem Reifenhändler, der quasi unter der Theke auch den Austausch der Reifen anbietet, die einzige Werkstatt in Rye und so kommen die Leute auch jetzt, so kurz vor Weihnachten, noch mit ihren Reparaturen zu uns. Sie haben einfach keine andere Wahl, wenn das Auto komische Geräusche macht oder eine Warnleuchte angesprungen ist. Das Geschäft läuft gut, für uns beide ist es manchmal sogar etwas zu viel. Aber auch wir merken, dass viele der Läden um uns herum damit zu kämpfen haben, dass man auch in einer Kleinstadt mittlerweile binnen eines Tages seine Onlinebestellung vor der Tür stehen hat. Wir beschweren uns nicht über die viele Arbeit, die wir haben, und sind gleichzeitig glücklich, dass man sein Auto noch nicht über das World Wide Web reparieren lassen kann.

Wir haben eine Kiste mit Weihnachtsschmuck im Büro stehen, sind bisher aber noch nicht dazu gekommen, auch hier ein bisschen Feiertagsstimmung zu verbreiten. Dabei gehört Weihnachten und wie etwas verwunschenen Wochen davor mit großem Abstand zu meiner liebsten Zeit im Jahr.

Erst die Arbeit, rufe ich mir selbst ins Gedächtnis und vertage meine kleine Schmückaktion. Vielleicht habe ich nachher noch genug Zeit und kann mit Kassie zusammen ein bisschen dekorieren.

Ich atme tief durch und sortiere die Aufgaben in meinem Kopf. Schließlich nehme ich mir Claires Rat zu Herzen und steige die Stufen hinauf, um nach der Telefonnummer des Kunden mit dem Jeep zu suchen.

Meine Chefin beherrscht ihr Chaos sicherlich, aber mich trifft der Schlag, als ich langsam in das Büro trete. Ich bin selten hier oben, Claire kümmert sich normalerweise um alle Kunden, telefoniert mit ihnen und schreibt Mails und Rechnungen in atemberaubender Geschwindigkeit. Manchmal höre ich stundenlang nur ihre Fingernägel, die auf der Tastatur klimpern. Sie ist genauso effizient und gut, wie sie unordentlich ist.

"Um Gottes willen", hauche ich leise, als ich an den Schreibtisch trete. Papierfetzen in allen Größen und Farben liegen aufeinander, zwischendrin Büroklammern und zusammengetackerte Dokumente, die fahrlässig aus einem Ordner geholt und nicht wieder einsortiert wurden. Ich schiebe die Briefe, Notizen und Werbeprospekte zur Seite und halte nach dem versprochenen Zettel mit Telefonnummer Ausschau, werde aber erst nach minutenlanger Suche und zwei Flüchen später fündig.

Chris Franklin heißt der Mann, dem ich die schlechte Nachricht nun überbringen muss. Bevor ich es mir anders überlege, tippe ich die von Hand hastig aufgeschriebene Nummer in mein Handy ein und rufe an.

"Franklin?", brummt dann eine tiefe Stimme und ich hole noch einmal geräuschlos Luft. Telefonieren war noch nie meine Stärke – nicht zuletzt deswegen schraube ich lieber an Autos herum, als im Büro zu sitzen und in ständigem Kontakt mit Kunden zu sein.

"Hey, hier ist Hellen von Claire's Werkzeugkasten", melde ich mich möglichst selbstbewusst und verdrehe die Augen über den albernen Namen. Wieso denkt man sich so etwas aus?

"Wunderbar, kann ich meinen Wagen abholen?", kommt Chris Franklin etwas außer Atem zu Sache. Es hört sich so an, als sei er gerade beim Sport oder zumindest eben vom Joggen gekommen.

"Ehm, nein. Leider nicht. Wir müssen noch auf eine Lieferung warten und-"

Ein lautes Poltern am anderen Ende der Leitung lässt mich abrupt verstummen. Der Mann flucht hörbar, dann höre ich seine nächsten Worte gedämpft, als würde er das Telefon von sich weghalten oder die Hand vor das Mikrofon halten.

"Verdammt Jimmy, ich habe doch gesagt, dass du aufpassen sollst! Jetzt setz dich an den Tisch und warte auf mich, ich muss nur noch kurz telefonieren, dann machen wir den Teig neu." Es raschelt, dann höre ich die Stimme wieder deutlicher an meinem Ohr. "Sorry, meinem Bruder ist der Plätzchenteig heruntergefallen. So eine Sauerei. Also, Claire, wann kann ich das Auto holen?"

In meinem Magen brodelt die Erwiderung, dass ich nicht Claire, sondern Hellen bin, aber ich schlucke sie herunter. "Ehm, es tut mir sehr leid, Mr Franklin. Sie können das Auto noch nicht holen. Deswegen rufe ich an."

Es herrscht Stille. Eine Sekunde. Zwei. Dann fünf. Schließlich räuspert der Mann sich. "Wie? Noch nicht fertig? Ich brauche das Auto aber dringend wieder."

"Das kann ich verstehen und es tut mir auch fürchterlich leid, aber wir mussten neue Bremsscheiben bestellen und die müssen erst noch geliefert werden."

"Aha. Und wann kommen diese Dinger an?" Der Klang in seinen Worten nun deutlich genervt, das Brummen ist zu einem monotonen Murren geworden.

"In zwei Tagen erst", sage ich widerwillig, meine Stimme wird einige Nuancen leiser.

"Herrgott noch mal, das ist doch nicht Ihr Ernst!", flucht Mr Franklin leise, aber mehr als deutlich. "Ich bin auf das Auto angewiesen. Wir müssen morgen Plätzchen in die Grundschule bringen, ich muss auf die Arbeit. Das funktioniert so nicht." Mir entgeht nicht, dass er von der fast vertrauten Art, meinen vermeintlichen Vornamen als Anrede zu nutzen, plötzlich dazu übergegangen ist, mich distanziert zu behandeln.

"Es tut mir wirklich leid, aber schneller geht es leider nicht und-"

"Ich hole das Auto gleich ab. Dann suche ich mir eben eine Werkstatt, in der es schneller geht."

"Mr Franklin, wir finden sicherlich eine andere Lösung. Die Bremsen Ihres Autos sind kaputt, so können Sie unmöglich damit weiterfahren, das wäre gefährlich." Ich merke erst, dass Chris Franklin bereits aufgelegt hat, als ich mit meiner Erklärung fertig bin.

-

Ich habe noch zwei Mal versucht, den Jeep-Besitzer anzurufen, doch bei beiden Versuchen hat er mich weggedrückt.

Wow, da ist jemand wirklich sauer.

Es nützt nichts. Der Mann wird gleich hier aufkreuzen und wenn Claire bis dahin nicht wieder hier ist, werde ich alleine mit ihm fertig werden müssen.

Ich bin nicht ganz bei der Sache, als ich die letzten Kleinigkeiten an einem alten und schon sehr klapprigen hellblauen VW-Kleinwagen repariere, das Öl auffülle und die Scheibenwischblätter austausche, die von nun an wohl das Teuerste am ganzen Auto sind. Dann bringe ich den Wagen zurück in den Hof, wo wir die Autos zwischenparken. Die Probefahrten verschiebe ich auf einen späteren Zeitpunkt, als ich merke, dass es leicht zu schneien begonnen hat. Außerdem muss jemand hier sein, wenn der wütende Mr Franklin im Türrahmen steht.

In diesen Momenten hasse ich meinen Job.

Als ich mich vor sieben Jahren dazu entschieden habe, eine etwas andersartige Ausbildung zur Mechatronikerin zu machen, anstatt wie alle anderen Freunde nach London, Bristol oder sogar nach Oxford zu gehen und dort Dinge wie Psychologie oder Wirtschaftswissenschaften zu studieren, hat man mir nicht gesagt, dass ich mich mit wütenden Menschen herumschlagen muss. Und ich hatte wohl nicht genug Weitsicht, um zu erkennen, dass das unweigerlich eines Tages auf mein stilles Vor-Mich-Hin-Schrauben folgen würde. Ich wollte schon Mechatronikerin werden, seitdem ich mit vierzehn Jahren das erste Mal mit meinem Dad Reifen gewechselt habe. Irgendwie hat die ganze

Technik, die in einem Auto steckt, mich von da an fasziniert.

Und ich bin zu gemütlich, um die große Karriere in den Weiten von Großbritannien zu suchen. Ein Auslandsjahr in Kanada endete bei mir schon nach drei Monaten, weil ich vor Heimweh kaum mehr ein Auge zugetan habe, und so habe ich die verbliebende Zeit zwischen Abschluss und Beginn meiner Ausbildung damit zugebracht, hier und da ein bisschen zu jobben und meine Eltern jeden Abend zum Essen zu besuchen. Ich bin schlichtweg zu sehr verbunden mit meiner Familie, mit der Stadt, in der ich aufgewachsen bin. Und nicht zuletzt deswegen möchte ich Rye auf keinen Fall mehr für längere Zeit verlassen, auch wenn die vereisten Straßen und die langen Lieferzeiten von Bremsscheiben manchmal an diesem Entschluss zu kratzen drohen.

Einen kurzen Moment halte ich inne und schaue mich in der Werkstatt um. Mein Werkzeugwagen mit der kaputten Rolle steht mitten im Weg, ein umgefallener Eimer ist neben einen Reifenstapel gekullert. Plötzlich bin ich zu erschöpft, um aufzuräumen, obwohl es mich in den Fingern juckt, für Ordnung zu sorgen. Stattdessen nutze ich den Eimer, drehe ihn um, und setze mich für einige Augenblicke hin. Ich reibe meine Hände an meiner

Arbeitshose, die weder schön noch bunt, dafür aber sehr funktionell ist. Neben der beigen Hose trage ich jeden Tag ein dunkles Shirt. Im Sommer ein Top, im Winter einen langärmligen Baumwollpullover. Es ist immer dunkelgrau oder schwarz. Manchmal denke ich, dass ich neben meiner Chefin wie eine graue Maus wirken muss. Und im nächsten Augenblick wird mir jedes Mal klar, dass ich in den Augen der meisten meiner Mitmenschen genau das bin.

Meine schwarzen Haare lasse ich mir alle 3 Monate zur selben Kurzhaarfrisur schneiden, die mich morgens im Bad so gut wie nicht aufhält. Ein bisschen Mascara ist alles, was mein Gesicht schmückt – und der ist nicht einmal sehr sorgfältig aufgetragen. Ich würde mich deswegen aber nicht etwa als langweilig, sondern eher als einfach gestrickt bezeichnen. In meinen Augen keine negative Eigenschaft. Immerhin bin ich seit 25 Jahren so, wie ich heute bin. Natürlich, einfach und manchmal ein bisschen zu leise. Ich bin kein Mensch, der gerne meckert, und würde von mir behaupten, dass ich dennoch ziemlich robust bin.

Nur kurz sitzen und die Augen schließen, dann geht es gleich wieder weiter, als wäre nichts gewesen.

"Kein Wunder, dass mein Auto noch tagelang herumstehen soll, wenn die Mitarbeiter hier auf umgedrehten Putzeimern sitzen und schlafen."

In der Werkstatt steht ein Mann. Ich schrecke auf, fahre aus meiner unbequemen Sitzposition hoch, werfe dabei den Eimer um und stolpere. Gerade so kann ich mich fangen und falle – den Göttern sei Dank – nicht auch noch der Länge nach hin. Das wäre an sich schon peinlich genug, aber in Anbetracht dieses Menschen, der so selbstbewusst hier vor mir steht und von dem ich sicher bin, dass er immer alle Blicke auf sich zieht, wenn er durch eine Tür schreitet, wäre es noch ein Stück unangenehmer gewesen.

Vor mir muss Chris Franklin stehen. Und er sieht überhaupt nicht so aus, wie ich ihn mir vorgestellt habe. Dunkle Haare umrahmen sein gebräuntes Gesicht und dunkle, wütende Augen starren mich an. Er kann unmöglich viel älter sein als ich. Ich würde ihn höchstens auf 27 schätzen. Und er ist ziemlich groß und ziemlich … muskulös.

Überhaupt nicht mein Typ also.

"Oh, hey, ehm. Nein. Also ich habe nicht geschlafen. Auch wenn es vielleicht danach aussah. Ich habe mich nur kurz … ausgeruht", stammele ich.

"Wo ist mein Auto?", fragt der Mann unbeeindruckt von meiner peinlichen Einlage. Dabei schaut er mich die ganze Zeit eindringlich an.

"Ihr Auto? Wie wäre es, wenn Sie mir erst einmal verraten, wer Sie sind? Wie man sieht, stehen hier mehrere Autos." Die Worte klingen mehr nach frecher, selbstbewusster Frau, als ich es für möglich gehalten habe. Und sie verstärken das wütende Blitzen in dem dunkelbraunen Augenpaar vor mir nur noch.

"Chris Franklin", erwidert der Mann. Nicht, dass ich etwas anderes erwartet hätte. "Wir haben telefoniert."

Ich öffne den Mund, um etwas Schlaues zu sagen, da werde ich von einer kindlichen Stimme unterbrochen. "Chris, schau mal, hier sind ganz viele lustige Sachen."

Die Aufmerksamkeit des wütenden Mr Franklin verlagert sich von der einen auf die nächste Sekunde von mir auf etwas hinter ihm.

"Jimmy! Ich dachte, wir hätten auf dem Weg eine Vereinbarung getroffen?" Seine Stimme ist bei Weitem nicht mehr so streng wie eben, als er mit mir gesprochen hat. Ich lege den Kopf ein wenig schief, um erkennen zu können, was sich dort nur wenige Meter von mir entfernt abspielt, aber ein breiter Rücken versperrt mir jede Sicht.

"Du hast aber nicht gesagt, dass es hier so cool ist", argumentiert die Stimme, die ich nicht zuordnen kann und trotz der unangenehmen Situation muss ich lächeln.

"Aber ein Versprechen ist immer ein Versprechen, das weißt du doch, Kumpel." Dann setzt Chris Franklin zu einem kurzen, spielerischen Sprint an und endlich erschließt sich die Szene mir. Im hinteren Teil der Werkstatt steht ein Junge, höchstens sieben, und hält einen Schraubenzieher in den Händen. Einen pinken Schraubenzieher, also definitiv einer aus dem Werkzeugwagen meiner Chefin. Chris Franklin hat den Jungen mittlerweile eingeholt und ihn kurzerhand an der Hüfte gepackt und hochgehoben. Zärtlich wuschelt er ihm durch die halblangen Haare, die in etwa denselben Farbton haben wie seine eigenen. Der Junge wirkt ein wenig geknickt, Chris Franklin hingegen hat seine Persönlichkeit augenscheinlich einmal auf links gedreht. Der Umgang zwischen den beiden erwärmt mein Herz trotz der immer kühleren Luft, die durch die noch geöffnete Tür hineinkriecht. Die zwei sprechen leise miteinander, ich verstehe nichts. Aber irgendwann schaut der Junge mich an und wird plötzlich rot. Sein Blick trifft meinen, aber er kann ihm nicht standhalten und wendet sich schüchtern ab.

"Na los, gib ihr den Schraubenzieher zurück. Dann können wir wieder nach Hause und die Plätzchen fertig machen", drängt Chris Franklin den kleinen Jungen, der wohl besagter Jimmy sein muss, liebevoll und kommt auf mich zu. Mit großen Schritten nähert das Zweiergespann sich mir und schließlich dringt ein ungewöhnlicher Duft in meine Nase.

Eine Mischung aus Keksteig und irgendetwas unverkennbar Männlichem.

Herr im Himmel, warum riecht es hier plötzlich so sehr nach Mann?

"Entschuldigung", murmelt der Junge und hält mir schwach den Schraubenzieher hin. Ich nehme ihn an mich. "Kein Problem. Der gehört meiner Chefin, die hat ein Faible für pinkfarbene Dinge. Ich werde ihr nicht verraten, dass du ihren Lieblingsschraubenzieher stibitzen wolltest." Dann zwinkere ich ihm zu, versuche, die Situation aufzulockern.

"Was ist ein Fäbel?", fragt Jimmy leise.

"So etwas wie eine Leidenschaft. Also etwas, was man gut findet. Du hast zum Beispiel ein Faible für rohen Plätzchenteig", antwortet Mr Franklin, bevor ich selbst zu einer Erklärung ansetzen kann.

Jimmy scheint kurz nachzudenken. "Dann ist es wohl was Gutes", sagt er, strampelt ungeduldig und wird schließlich wieder auf dem Boden abgesetzt.

"Also, wo ist mein Jeep?"

Die liebevolle Art ist sofort wieder verschwunden. Der ruppige Tonfall hat nichts mehr mit dem Umgang von eben zu tun und mein Unbehagen kehrt zurück.

"Draußen. Aber ich werde Ihnen den Schlüssel nicht geben, Mr Franklin", gebe ich mich entschlossen. Ihm entgleist für eine Sekunde das Gesicht, dann fängt er schallend zu lachen an. Es ist aber kein gutes Lachen. Eher eines, das in Wahrheit ziemlich viel Wut und Unverständnis verstecken soll.

"So, die tägliche Dosis an Witz haben Sie nun verpulvert, Claire. Wo ist mein Auto?"

Nun beginnt es in meinem Magen zu brodeln, wie vorhin bereits, als er mich mit dem falschen Namen angesprochen hat.

Ich atme tief durch. "Ich bin nicht Claire, sondern Hellen. Und ich werde Sie nicht mit einem Auto fahren lassen, das defekte Bremsen hat. Das ist gefährlich. Und unverantwortlich." Bei meinen letzten Worten zeige ich undeutlich auf Jimmy, der sich wieder interessiert in der Werkstatt umsieht und nicht zu merken scheint, dass die Erwachsenen drauf und dran sind, sich zu streiten.

Chris Franklin scheint nachzudenken. Anscheinend habe ich einen wunden Punkt getroffen.

"Schön, wenn das Ihr Plan ist, *Hellen*." Er betont meinen Namen überdeutlich, als sei ich diejenige, die etwas falsch gemacht hat. Er führt sich auf wie ein Lehrer, der zeigen muss, dass er kein bisschen an Autorität eingebüßt hat, aber bevor ich protestieren kann, redet er wieder weiter. Leise nun, beinahe drohend. "Ich frage mich aber, wie Sie sich das vorstellen. Zur Grundschule fährt keiner dieser kleinen Stadtbusse, die jeden Moment auseinanderfallen könnten. Wir haben es gestern mit dem Fahrrad versucht und sind kläglich gescheitert, heute haben wir es wegen des Schnees gar nicht erst in die Grundschule geschafft. Was wäre ich für ein Bruder, wenn ich es nicht gebacken kriege, dass Jimmy morgen zum Weihnachtsfest Plätzchen mitbringen kann. So, wie jeder andere dort auch. Oder soll ich ihn etwa krankmelden? Dann wäre nicht nur er enttäuscht, sondern auch unsere Eltern. Wenn sie es denn noch mitbekommen könnten."

Ich spüre plötzlich den Schmerz aus seiner Stimme mitten in meiner Magengegend. Ohne es zu merken, hat er mir eben einen ziemlich intimen Teil seines Privatlebens erzählt.

Und plötzlich weiß ich nicht mehr, was ich sagen soll. Stattdessen schaue ich peinlich berührt auf den Boden, während sein Blick noch immer auf mir ruht. Er wirkt gefasst, aber auf eine Art und Weise, die mir ein wenig unheimlich ist. Jedes Wort, das ich jetzt sagen könnte, wäre wie ein Fünkchen Feuer in einem Fass voller Dynamit.

"Ist doch egal mit den Plätzchen", mischt Jimmy sich ein, der bei unserem einseitigen Wortgefecht schließlich doch auf uns aufmerksam wurde, aber ich sehe Tränen in seinen Augen schimmern, die seiner Worte Lüge strafen. Und dann treffe ich eine Entscheidung, die ich womöglich bereuen würde.

"Dann fahre ich euch zur Schule. Ich habe ein Auto, in dem ist genug Platz für zwei Männer und einen Haufen Weihnachtsplätzchen."

Chris Franklin schnaubt wieder mit dieser Mischung aus Unbehagen und Empörung, als würde er denken, dass das keine gute Idee sei. Jimmys Reaktion fällt anders aus. Der Kleine rennt auf mich zu und zieht mich in eine kindliche Umarmung. Dabei reicht er mir gerade bis an meine Hüfte und seine kleinen Hände fühlen sich ungewohnt an.

"Das ist voll lieb von dir", murmelt er und ich habe Schwierigkeiten, ihn zu verstehen. Dann wendet er sich an seinen Bruder. "Du musst dich auch bedanken, Chris. Das ist voll lieb von ihr!"

Chris Franklin schaut sich unsicher um, als suche er nach einer Ausrede. Dann schaut er mir in die Augen und sein Blick ist eisig, als er sagt: "Schön. Morgen um sieben an der Kirche. Danke, *Hellen*."

-

Der restliche Tag ist komisch. Meine Gedanken kreisen um das Gespräch herum wie Motten um das Licht und ich werde vor allem eine Sache nicht mehr los: Den Blick, den Chris Franklin mir zugeworfen hat. Der letzte Blick, bevor er abgerauscht ist, mit wütenden, lauten Schritten durch die Werkstatt gelaufen ist und die Tür geknallt hat, dass das kleine Holzschild hinuntergefallen ist.

Ich habe es liegen lassen, den Eimer wieder verkehrt herum auf den Boden gestellt und mich daraufgesetzt. Für einen Moment hätte es so aussehen können, als hätte diese Begegnung zwischen Chris Franklin und mir nie stattgefunden. Aber meine rasenden Nerven, mein Herzschlag und das rote Gesicht sind Beweis genug dafür, dass es doch so war.

"Um Himmels willen, geht es dir nicht gut?", fragt Claire besorgt, als sie zwanzig Minuten nach dem aufwühlenden Gespräch und meinem unglaublich dummen Versprechen in die Werkstatt kommt. Kassie scheint den Braten gleich gerochen zu haben und läuft stillschweigend an mir vorbei, ein Malbuch in der Hand, und klettert die Treppe hinauf in das Chaos ihrer Mutter.

"Doch, alles in Ordnung. Nur der Kreislauf. Alles gut." Meine kurz angebundenen Bruchstücke lassen Claire noch skeptischer aussehen, aber sie lässt mich in Ruhe.

Wir kennen uns lange genug, dass sie weiß, dass man mir nur genug Zeit geben muss, damit ich von alleine zu sprechen beginne.

Heute aber beginne ich nicht mehr zu sprechen. Stattdessen esse ich die gebratenen Nudeln, die Claire von Asiaten mitgebracht hat, zur Hälfte und verabschiede mich dann auf die Anweisung meiner Chefin hin früher in den Feierabend.

Gedankenverloren fahre ich mit meinem alten Honda nach Hause, die Straßen sind von neuem Schneefall glitschig und bedeckt mit weißem Puder, aber Rye ist klein genug, dass ich es trotzdem in zehn Minuten nach Hause schaffe. Unterwegs habe ich nach Schildern für eine Grundschule Ausschau gehalten, aber ohne Erfolg.

Wo habe ich mich da nur hineinmanövriert?

Jetzt stehe ich mit vor Kälte zitternden Fingern vor meiner Wohnungstür und bekomme es nicht gebacken, den Schlüssel im Schloss zu drehen. Ich komme mir reichlich blöd vor, wie ich hier stehe und fluche.

Ich wohne in einem kleinen Reihenhaus, das ich mir nur leisten kann, weil kein anderer Mensch für längere Zeit auf so wenigen Quadratmetern klarkommen würde. Mein Gehalt ist gut, aber erlaubt mir nur selten einen etwas größeren Sprung. Und das ist okay so. Dafür lebe ich in einem dieser alten Fachwerkhäuser, das genug Charme hat, um auch mal auf einen Urlaub zu verzichten. Ich habe einen winzigen Vorgarten, für den ich zu wenig Zeit habe und in dem regelmäßig die Blumen eingehen, und einen Balkon, auf dem ich selbst im Sommer nur selten bin, weil neben dem Liegestuhl kaum mehr Platz darauf ist, um sich um die eigene Achse zu drehen. Meine Küche besteht aus zusammengewürfelten Schränken, zum Teil Geschenke meiner Mum, zum Teil die ausgemusterten Möbel meiner Nachbarin. Und apropos Nachbarin: Ich habe die lustigste Frau aus ganz Rye direkt neben mir wohnen. Wir teilen uns ein Treppenhaus –

keiner weiß, was die Menschen, die das gebaut haben, sich damals gedacht haben – und ich sehe Amanda häufiger als meine eigenen Eltern. So auch jetzt, als sie nach einem weiteren lauten Fluchen meinerseits den Kopf aus der Wohnungstür reckt und mich fragt, ob alles in Ordnung sei.

"Bist du betrunken?", hängt sie an, als sei es das ein Zustand, der bei mir häufiger vorkommt.

Verzweifelt schüttele ich den Kopf. "Die Frage habe ich mir heute zwar auch schon gestellt, aber nein. Ich bin einfach zu aufgewühlt, um diese blöde Tür aufzubekommen, fürchte ich."

"Dann solltest du jetzt zu mir kommen und einen Rum mit mir trinken", beschließt Amanda und kommt zwei Schritte hinaus aus ihrer Wohnung. Sie trägt ein seltsames Nachthemd aus Frotteestoff, auf dem ... Pinguine abgebildet sind.

Unwillkürlich muss ich schmunzeln. Darunter trägt sie augenscheinlich nichts bis sehr wenig. Ich schicke ein Stoßgebet gen Himmel, dass sie wenigstens an Unterwäsche gedacht hat.

"Amanda, ich mag aber jetzt keinen Rum trinken", sage ich leise und mit zu wenig Nachdruck, weshalb sie mich kurzerhand am Ärmel meines braunen Wintermantels packt und zu sich in die Wohnung zieht. Ich bin mir selbst nicht sicher, ob mein vorsichtig vorgetragener Einwand der

Wahrheit entspricht, deswegen wehre ich mich nicht einmal ein bisschen gegenüber dem überzeugten Handeln meiner Nachbarin und schlurfe hinter ihr her in die kleine Wohnung.

Meine schlichte Kleidung passt so wenig in die vier Wände von Amanda, wie man es sich nur vorstellen kann. Mein eintöniger Mantel ist fast schon eine Beleidigung gegenüber den bunten Vasen mit den noch bunteren Kunstblumen, den farbenfrohen Kunstdrucken an den Wänden und den zusammengewürfelten Teppichen, die meine unentschlossenen Schritte auf dem Boden dämpfen. In der Wohnung riecht es nach einer Mischung aus verschiedenen Düften und ich weiß auch ohne, dass ich es sehe, dass diese eigenartige Note von den vielen Duftkerzen kommt, die auf den Schränken verteilt sind. Man kann sicherlich darüber streiten, ob es sinnvoll ist, verschieden riechende Kerzen gleichzeitig anzuzünden, aber immerhin kenne ich keinen gemütlicheren Ort.

Amanda kommt gebürtig aus den Niederlanden. Sie ist nach dem tragischen Tod ihres Vaters, der von einer Wanderung in den Bergen nicht mehr zurückgekehrt ist, zu ihrer in Rye lebenden Mutter gezogen. Ich weiß nicht genau, was damals passiert ist, aber Amanda hat einmal fallen lassen, dass jemand ihn hätte festhalten müssen. Ich mag mir nicht ausmalen, was wirklich geschehen ist und in den wenigen Momenten, in denen Amanda durchblicken lässt, wie sehr sie unter dem Vorfall leidet, nehme ich bloß schweigend ihre Hand. Manchmal ist das eine bessere Medizin als viele Worte. Sie hat jahrelang mit ihrer Mutter zusammen in einer Wohnung gewohnt – für viele wäre das in dem Alter wohl undenkbar gewesen. Mittlerweile ist leider auch Natalie gestorben, aber Amanda hat es in Rye zu gut gefallen, um wieder zurück in die Heimat zu gehen. Ich kann das selbst nur zu gut verstehen.

Mittlerweile ist sie 54 – und damit in einem Alter, wo andere schon Oma geworden sind. Ich habe das Gefühl, dass sie genau diesen Titel, der ihr mangels eigener Kinder nicht vergönnt ist, zu allen Menschen etwas großmütterlich ist.

Na ja, abgesehen von dem Rum vielleicht.

Langsam lasse ich mich am Esstisch nieder, während Amanda um mich herum werkelt. Es steht noch ein Teller mit angetrockneter Spaghetti Bolognese auf dem schweren Holztisch mit den Tischdeckchen in Form von großen Farnwedeln.

Wo bekommt sie solche Dinge bloß her?

"Willst du erst Rum oder erst ein Eis, meine Liebe?", fragt Amanda.

"Ich wusste nicht, dass ich eine Wahl habe", gebe ich etwas überrascht zurück, entscheide mich dann aber für ein Eis. Als Amanda mir die Verpackung reicht, fühlt es sich für einen Moment nicht nach Ende November an. Und es fühlt sich erst recht nicht so an, als wäre ich eine erwachsene Frau.

Wir schweigen kurz, während ich wie ein Kind im Sommer das Eis verschlinge. Ich bin nicht hungrig, das halbe Mittagessen liegt mir noch schwer im Magen, aber die Szene hat etwas Gemütliches an sich, und ein Lächeln schleicht sich auf meine Züge.

"Wie geht es dir, Amanda?", will ich zwischen meinen zwei letzten Bissen wissen.

"Oh Kindchen, mir geht es fabelhaft. Ich habe heute Weihnachtsdeko bestellt. Endlich. In zwei Tagen kommt der Paketbote und dann strahlt diese Wohnung in ganz neuem Glanz. Lass dich nicht stören, wenn es hier anschließend überall blinkt." Amanda lacht herzlich und ich befürchte schon, dass sie es etwas übertreiben wird. Sofort werde ich an mein eigenes Vorhaben von heute Vormittag erinnert. Ich war zu durcheinander, dass ich vergessen habe, Kassie zu fragen und den Karton mit Dekoration zu holen.

Im nächsten Moment nimmt meine Nachbarin mir die Verpackung aus der Hand und stellt mir stattdessen einen Rum vor die Nase. Das kleine Gläschen ist so voll, dass ich es niemals ohne etwas zu verschütten zu meinem Mund bewegen können werde.

Amanda setzt sich schließlich mir gegenüber. Sie seufzt. "Na dann erzähl mir mal, was ist los? Jetzt haben wir Alkohol, dann kannst du reden."

"Es ist nichts. Nicht wirklich."

"Stimmt, deswegen stehst du ja auch im Flur und bekommst es nicht hin, deine Tür aufzuschließen." Amandas Rum ist bereits leer.

"Es war ein anstrengender Tag, das ist alles", weiche ich zum wiederholten Male an diesem Nachmittag aus, merke aber schon, dass ich damit nicht sehr weit komme. Dass ich jetzt nicht mit meiner Lüge davonkomme.

Amanda schaut mich mit hochgezogener Augenbraue an. Nur mit einer, versteht sich. Eine Spezialität von ihr, wie mir scheint. "Hör auf damit, Hellen. Du hast massenhaft anstrengende Tage in der Werkstatt. Du schuftest dich kaputt, jeden Tag. Du jammerst nie. Das ist eine Eigenschaft, die die Menschen so sehr an dir mögen. Aber es ist auch eine, die dir vielleicht ein bisschen im Weg steht. Du bist wie so ein Pandabär, weißt du?"

Ich muss lachen bei diesem Vergleich. "Was erzählst du da?"

"Dass du wie ein Panda bist. Hör zu. Du siehst immer so freundlich aus. Und süß. Weißt du, du bist echt knuffig."

Ich schnaube belustigt. "Also bin ich dick und mein Make-up ist immer verschmiert? Ich weiß nicht, ob ich diese Unterhaltung wirklich führen möchte."

"Tzz, du verstehst mich nicht. Kennst du jemanden, der keine Pandabären mag?"

Ohne nachzudenken, schüttele ich den Kopf.

"Ich kenne auch niemanden, der dich nicht mag. Du bist ruhig, immer lieb, jeder schaut dich an und denkt sich, wie sympathisch du bist. Das ist eine große Stärke."

"Dein Vergleich ist total bescheuert, Amanda. Außerdem habe ich heute sehr wohl jemanden kennengelernt, der mich nicht leiden kann."

Amanda grinst mich an, und ich merke, dass sie genau darauf hinauswollte. Ich schlage die Hand an die Stirn und murmele leise. "War ja klar, dass das passiert".

"Du bist ja auch nicht wirklich wie ein Panda, so einen Scheiß denke nicht einmal ich mir aus. Also, Kindchen, wer war heute unfreundlich zu dir?"

In Kurzfassung erzähle ich Amanda von meinem Zusammentreffen mit Chris Franklin. Seine wütenden Augen und was sie in mir ausgelöst haben, behalte ich für mich.

Nachdem ich denke, dass ich ihr alles erzählt habe, schweigt ungewöhnlich Amanda lange. Sie runzelt ein paar Mal die Stirn, verzieht den Mund erst nach links, dann nach rechts. Ihre Gesichtsakrobatik passt ebenso wenig in diese Situation wie ich in ihre Wohnung. Würde ich sie nicht derart gut kennen, dann würde ich denken, sie mache sich über mich lustig.

"Das ist doch genau das, was ich meine. Du bist zu nett. Keine andere Person, die ich kenne, würde etwas tun, wogegen sie sich innerlich so sehr sträubt. Aber ich bin mir ziemlich sicher, dass du das Beste daraus machen wirst."

"Ich habe einer völlig fremden Familie versprochen, dass ich sie morgen früh durch Rye kutschiere. Ich weiß einfach nicht, was in mich gefahren ist. Auf so eine Idee kommt man doch normalerweise nicht", echauffiere ich mich über mich selbst. Je länger ich darüber nachdenke, desto unsinniger finde ich meinen Auftritt von heute

Mittag. Wenn ich Chris Franklins Handynummer hätte, würde ich wahrscheinlich einen Rückzieher machen und ihm absagen. Per Textnachricht, versteht sich. Anrufen würde ich ihn so schnell nicht noch einmal. Ich würde mich die nächsten Tage krankmelden, damit ich ihm in der Werkstatt nicht über den Weg laufe und Claire damit indirekt zwingen, sich um diesen Mann und seinen Jeep zu kümmern. Und dann wäre er für immer aus meinem Leben entfernt. Es könnte so einfach sein, aber nein.

"Ich bringe es nicht über mein Herz, jetzt einen Rückzieher zu machen", fasse ich meine Gedanken zusammen und Amanda nickt, als hätte sie gewusst, dass ich etwas in diese Richtung sage. Mir wird klar, wie gut diese Frau mich kennt.

Chris Franklin hat mir die Uhrzeit und den Ort hingeworfen, an die ich mich zu halten habe. Sonst nichts. Ich bringe es hinter mich und ignoriere dann geflissentlich alles, was noch aus seiner Richtung kommt.

Was für eine blöde Aktion!

"Weihnachten ist doch die Zeit für Liebe und Nettigkeit und solche Dinge, Liebes", sagt Amanda beschwichtigend, als sie meinen leidenden Gesichtsausdruck sieht.

Langsam schüttele ich den Kopf, um ihr Argument zu entkräften. "Aber nicht für Menschen wie mich." Gerade Amanda, die meine Ängste für gewöhnlich fast schon riechen kann, müsste doch wissen, was für ein Problem ich mit solchen Situationen habe. Situationen, die man nicht einschätzen kann. Ich war einfach noch nie ein Mensch, der gut und schnell aus sich herauskommen kann. Gerade will ich zu einem neuen Argument ansetzen, da quasselt Amanda überraschend tiefgründig weiter.

"Dann nimm die dunkle Jahreszeit, um endlich mal über deinen Schatten zu springen. Du versteckst dich zu viel, Hellen. Und weißt du auch, warum ich darauf so sehr bestehe? Ich sehe ein bisschen von mir selbst in dir."

Erneut schaue ich mich in den mir so vertrauten Wänden von Amandas Küche um. Bunt, schillernd, durcheinander. Wenn das auch nur im Entferntesten ihre Persönlichkeit widerspiegelt – und das ist mein langjähriger Eindruck – dann weiß ich beim besten Willen nicht, worauf sie hinauswill.

"Das kann ich mir nicht vorstellen", zweifle ich.

Amanda winkt ab. "Ich wusste, dass das kommt. Aber ich war als junge Frau auch mal so wie du. Nein, kein Panda. Aber ein bisschen grau. Das ist nicht negativ, Schätzchen. Du bist eine wirklich hübsche, junge Frau. Du bist modern und strahlst Güte aus. Aber du schillerst nicht so viel, wie du es könntest. Bei uns in Holland sagt man gerne *beter een goede buur dan een verre vriend*. Das bedeutet, dass man besser einen guten Nachbar als einen fernen Freund hat. Deswegen bin ich auch ehrlich zu dir, weil gute Freunde – oder gute Nachbarn – das immer sein sollten."

Gespannt warte ich, dass sie fortfährt, und schaue sie auffordernd an. Amanda lacht wegen meiner Ungeduld. "Ich habe damals in einem Büro gearbeitet, als Sekretärin von einem Steuerberater. Das war genauso spannend, wie es sich anhört. Und eines Tages kam ein Mann herein. Mit seiner Frau. Ich dachte nie, dass es so etwas gibt wie Liebe auf den ersten Blick. Aber in diesem Moment wurde ich eines Besseren belehrt. Mein Herz hat einen lauten Knall getan und ich war in diesen Mann verliebt, ehe ich überhaupt wusste, wie er heißt, was er beruflich macht, wie alt er ist.

Aber weißt du, was passiert ist? Er hat mich nicht beachtet. Er kam herein mit seinem dunkelgrünen Anzug und eine Krawatte mit Tulpen, seine Frau hatte ein Kostümchen aus rosa schimmerndem Stoff an, und er hat mich nicht eines Blickes gewürdigt. Die Frau hat mit einem Auge zu mir geschielt, das Gesicht verzogen, und sie sind in das Büro meines Chefs gegangen, bevor ich fragen konnte, ob sie einen Termin hatten. Sie hatten glücklicherweise einen, sonst wäre ich meinen Job wahrscheinlich ziemlich schnell wieder losgeworden, aber das ist nicht das, was ich dir sagen will. Ich war einfach nur anwesend und nicht richtig *da*. Verstehst du, was ich damit meine? Ich hatte nicht einmal die Gelegenheit, etwas zu sagen, was ich später hätte bereuen können so wie du jetzt. Ich hatte nicht die Gelegenheit, zu zeigen, dass ich mehr bin als der Mensch, der dort sitzt und den man nicht wahrnimmt."

Nachdenklich senke ich den Blick. Irgendetwas in Amandas Worten haben mich tatsächlich berührt, obwohl ich nicht erwartet hätte, dass sie es bei diesem kuriosen Einstieg schaffen kann. Aber ja, meine Nachbarin hat recht mit all dem.

Grau zu sein kann einen vor ein paar Problemen bewahren, aber es kann genauso dafür sorgen, dass man unentdeckt bleibt. Langsam beginne ich zu nicken. "Danke. Du bist wirklich eine gute Nachbarin. Und eine noch bessere Freundin." Über den Tisch hinweg greife ich nach Amandas Hand und drücke sie einmal.

Es wäre übertrieben zu sagen, dass sie mir all meine negativen Gedanken so schnell genommen hat, aber sie hat sie zumindest ein bisschen in die

Ecke meines Kopfes gedrängt. Eine Sache will ich aber dennoch wissen. "Was wurde aus dir und der Liebe auf den ersten Blick?"

"Wir haben zwei Jahre später geheiratet", lässt Amanda mich wissen, nicht ohne einen etwas selbstgefälligen Ausdruck auf dem Gesicht.

"Nein!", staune ich belustigt und fordere sie auf, mir alles zu erzählen.

"Ich habe etwas unorthodox in den Unterlagen von meinem Chef nach seinem Namen geschaut und ihm eigenhändig einen zweiten Termin geschickt. Zu einer ziemlich frühen Uhrzeit. Und dann habe ich gehofft, dass er ohne die Frau auftaucht und mein Chef nichts mitbekommt, er wusste nämlich nichts davon und hatte in Wahrheit natürlich keinen Termin. Sonst hätte er mich wirklich gekündigt und mit hohem Bogen herausgeschmissen. Aber Tjark kam alleine, ich hatte mir extra ein Kleid mit Tulpen gekauft, das zu seiner Krawatte gepasst hätte. Klamotten mit Tulpen gibt es in Holland im Überfluss. Er hat mich bemerkt, ich habe ihm die Wahrheit gesagt und in meiner Mittagspause waren wir einen Kaffee trinken. Dann hatten wir eine Affäre. Ich sage dir, mach das nie, das frisst deine Seele auf. Aber es hat gedauert, bis er sich von seiner Frau getrennt hat und dann haben wir ein Jahr später geheiratet. Tjark

43

hat all das Bunte, was du hier siehst, in mein Leben gebracht."

"Dann war Tjark der Mann, von dem du immer nur so schwammig gesprochen hast?", frage ich vorsichtig. Amanda hat zwar erzählt, dass sie verheiratet war, aber weder mit wem, noch warum sie es nicht mehr ist."

"Tjark hatte einen schlimmen Motorradunfall. Ich spreche nicht gern darüber. Naja, eigentlich spreche ich nie darüber. Er war monatelang im Krankenhaus, dann in der Reha. Ich habe irgendwann gemerkt, dass er aufgehört hat, zu kämpfen. Er konnte nicht mehr laufen, war lange im Koma und konnte nur schwer sprechen. Er hat mehrfach gesagt, dass er so nicht leben will. Und ich glaube, irgendwann hat sein Körper nicht mehr mitgemacht und er ist eines Morgens nicht wieder aufgewacht."

Tränen füllen meine Augen, ich sehe nur noch verschwommen und unklar. Wir kennen uns nun schon lange, aber diese Information ist mir neu. Ich muss schlucken, damit ich meine nächsten Worte überhaupt über die Lippen bringe. "Das tut mir so leid, Amanda. Wie fürchterlich." Mir ist bewusst, dass ich ihre Hand noch immer halte, und drücke sie ein Stück fester.

"Es ist okay. Er lebt in meinem Herzen weiter und er hat mich zu einem besseren, fröhlicheren Menschen gemacht. Wenn man ein solches Geschenk bekommen hat, wie er es für mich war, dann übersteht man auch ziemlich schwere Phasen im Leben."

"Du bist ein echtes Vorbild, Amanda", sage ich leise und meine es mit vollem Herzen. Auf einmal erscheinen mir meine eigenen Zweifel kaum mehr wichtig.

"*Beter een goede buur dan een verre vriend.* Und als deine Nachbarin will ich nur, dass auch du anfängst, zu schillern."

Zwei

Es hat die ganze Nacht geschneit, dementsprechend sieht es aus wie in einem Wintermärchen, als ich aus dem Küchenfenster schaue. Die Uhrzeit am Ofen macht sich blinkend über mich lustig. 4:16 Uhr. Viel zu früh. Aber nach einer schlechten Nacht mit noch schlechteren Träumen war ich froh, als ich knapp eineinhalb Stunden vor meinem Wecker aufgewacht bin. Ich schaue schon zum dritten Mal nach dem örtlichen Verkehr, weil ich um jeden Preis verhindern möchte, dass ich nachher zu spät komme. Dabei ist die Kirche von Rye nur eine knapp zehnminütige Autofahrt von meiner Wohnung entfernt. Das pompöse, mittelalterliche Gebäude ist eine echte Erscheinung. *The Parish Church of St Mary* ist mehr als 900 Jahre alt und versammelt bei jedem Fest alle Familien aus Rye bei sich. Auf dem Gelände der Kirche habe ich schon als kleines Mädchen gespielt und ich freue mich auch heute noch jeden Winter auf den kleinen Weihnachtsmarkt, der an jedem Adventswochenende vor den riesigen, imposanten Pforten des Wahrzeichens unserer kleinen Stadt stattfindet.

Ich beschließe, noch schnell unter die Dusche zu springen, stelle das Wasser auf die wärmste Stufe und stehe so lange regungslos unter dem Wasserstrahl, bis ich es kaum noch aushalte. Dann fühlen meine Gedanken sich wieder etwas klarer an.

Ich bin trotz Audreys aufmunternder Worte vom Vorabend sehr nervös und noch unsicher, ob ich diesen Morgen unbeschadet überstehe. Ich versuche, meine Nachbarin als Vorbild zu nehmen und den heutigen Tag nicht nur als Prüfung zu sehen, sondern auch als Chance, daran zu wachsen.

Du führst dich so idiotisch auf, Hellen.

Ich versuche, mir selbst eine Reihe logischer Erklärungen zu geben.

Das ist nur eine Autofahrt. Die Konsequenz aus einem eigentlich ziemlich vernünftigen Gedankengang, nämlich dass du unmöglich jemanden mit kaputter Bremse und einem kleinen Jungen Auto fahren lassen kannst. Warum also bist du nervös?

Es ist ein bisschen so, als würde sich mein Innerstes miteinander streiten. Denn auf die Frage, warum zum Teufel ich derart nervös bin, gibt mein Körper mir eine eindeutige Antwort. Mein Herz rast beim Gedanken an die wütenden Augen des Mannes, der in knappen zwei Stunden in meinem Auto sitzen wird. Der Jeep-Fahrer, der plötzlich mit einem Honda vorliebnehmen muss. Das wird ein Spaß.

Meine ironische Ader lässt sich kaum mehr unterdrücken, auch dann nicht, als ich mich abtrockne und meine Haare so lange mit dem Handtuch bearbeite, bis sie beinahe gänzlich trocken sind. Ich creme mich ein und merke erst, dass ich meine teure Bodylotion genommen habe, als ich fast fertig bin.

Interpretier da jetzt bloß nichts hinein. Du willst dir einfach selbst etwas Mut geben. Das ist okay.

Ich vertrödele den Rest des frühen Morgens mit zwei großen Tassen Kaffee mit viel Milch und etwas Zimt, schminke mich sehr gewissenhaft, aber genauso dezent wie immer, vor dem beschlagenen Badezimmerspiegel und suche dann nach einem flauschigen Pullover, der nicht zu männlich und nicht zu figurbetont ist. Dann ziehe ich eine halbe Stunde zu früh meine Stiefel an und mache mich auf den Weg zum Auto. Lieber überpünktlich sein, als wieder den Zorn dieses Mannes auf mich zu lenken.

Ich muss die Scheiben freikratzen, was mich erneut fünf Minuten und eingefrorene Finger kostet, und ich bereue, dass ich keine Handschuhe dabeihabe. Kurz überlege ich, noch einmal hoch in die Wohnung zu gehen, sehe dann aber, dass Amanda am Küchenfenster steht und mich beäugt. Als sie erkennt, dass ich sie ertappt habe, winkt sie mir fröhlich zu und gibt mir mit einem demonstrativ gedrückten Daumen zu verstehen, dass sie an mich glaubt. Damit fällt die Variante, noch einmal hinauf zu gehen, endgültig aus. Sie würde vermutlich denken, dass ich einen Rückzieher mache, und mich noch im Treppenhaus lautstark aufhalten.

Schließlich begebe ich mich auf den Weg. Die vielen Probefahrten, die ich bei Wind und Wetter bereits hinter mich gebracht habe, haben mich zu einer sehr sicheren Autofahrerin gemacht, und wenigstens die Angst vor glatten Straßen bleibt mir an diesem Morgen erspart. Die Heizung bläst mir warme Luft auf die tauben Hände, im Radio läuft ein Weihnachtssong nach dem anderen.

Ich liebe diese Zeit.

Rye ist noch verschlafen. Obwohl, eigentlich ist diese Stadt immer verschlafen, oder wirkt zumindest so. Kahle Bäume biegen sich unter der Schneelast der vergangenen Nacht, nur die efeubewachsenen Häuschen stechen mit ein wenig Farbe heraus. Und es ist noch dunkel genug, dass ich die Weihnachtsdekoration in den Fenstern und Vorgärten sehen kann. Mein Blick bleibt an Rentieren mit glitzernden Geweihen hängen, an dickbäuchigen Weihnachtsmännern, die Balkone hinaufklettern. Ein Haus ist so bunt beleuchtet, dass es mich regelrecht blendet, aber es zaubert genauso ein Lächeln auf mein Gesicht. Die Stromrechnung wird hoch, denke ich noch, da komme ich auf die Hauptstraße. Wobei das Wort Hauptstraße hier relativ ist, denn die verwinkelten Einbahnstraßen machen auch vor der High Street keinen Halt. Der gepflasterte Weg, an beiden Seiten zugeparkt, rüttelt mich ordentlich durch. Ich komme an einem Bäcker vorbei, vor dem eine Menge Menschen sitzen und sich, dick eingepackt in Wintermäntel, unterhalten. Die gleichen Leute sitzen im Sommer mit kurzen Hosen dort. Schließlich lasse ich auch die Seitenstraße, in der sich die Werkstatt befindet, neben mir, und biege in die West Street ab, an deren Ende sich die St. Mary's Church befindet. Vor der Kirche gibt es einen mittelgroßen Parkplatz, der meistens eher von den Besuchern des Kinos schräg gegenüber genutzt wird, aber so früh am Morgen ist er noch wie leer gefegt. Schnell schaue ich mich um. Kein Chris Franklin, kein Jimmy. Das Auto stelle ich ab, obwohl ich die Parkplatzbegrenzungen vor Schnee nicht erkennen kann.

Ich bin eine halbe Stunde zu früh. Das wird unangenehm, wenn ich im Auto bleibe, immerhin beginne ich bereits jetzt zu frieren. Ich blicke auf die

Rückbank und sehe eine rote Bommelmütze dort liegen, die ich mir vor zwei Jahren einmal gekauft und bisher nur ein einziges Mal getragen habe. Die Verkäuferin hat mich damals so lange bearbeitet, bis ich das Teil mitgenommen habe, und es war ein Fehler. Denn seitdem liegt das gestrickte und etwas zu große Ding auf meiner Rückbank und wartet auf seinen Einsatz. Es könnte ja ein Notfall passieren, oder mein Auto bleibt liegen. Ich könnte mein eigenes Auto in so einem Moment aber in dem meisten Fällen so schnell reparieren, dass ich die Mütze kaum bräuchte.

Mir fallen Amandas Worte ein. *Sei bunt*, denke ich. Dann dauert es noch ein paar Momente, bis ich doch nach der Mütze greife. Rot steht mir nicht, stelle ich fest, als ich mein Abbild im Rückspiegel sehe, aber immerhin ist es mir schlagartig wärmer.

Mit erneutem Blick auf die Uhr beschließe ich, mir noch einen Kaffee zu holen, obwohl die zwei, die ich bereits getrunken habe, eigentlich genug sind. Aber in Ermangelung anderer Tätigkeiten erscheint mir das als die beste Lösung. Und Archies Café ist nur wenige Meter entfernt von hier.

Schnellen Schrittes bewege ich mich zu dem kleinen Eckladen mit dem sympathischen Besitzer. Auch hier ist jede Menge los. Eine Schlange mit sechs Leuten ist vor mir, und hier dauert alles doppelt lange, weil jeder noch eine Runde quatschen muss. Es riecht nach Lebkuchen und Zimt. Eine himmlische Kombination, der ich nicht widerstehen kann.

"Hey Archie", begrüße ich den Mittvierziger hinter dem Tresen. Archie Muller ist das Herz und die Seele dieses Cafés. Seine kleine Schwester Jane war damals bei mir in der Schule, wir waren eine Zeit lang ziemlich gute Freunde, ehe sie das erste Mal verliebt war und ich nur noch als zweite Wahl fungierte. Ich nehme ihr das nicht in geringster Weise übel, aber wir haben uns auseinandergelebt. Heute sehen wir uns nur noch selten und verhalten uns freundlich, aber distanziert. Das letzte Gespräch mit Jane ist schon einige Wochen her.

Der große Altersunterschied zwischen den Geschwistern ist ungewöhnlich, aber die Mutter der beiden war damals schon sehr früh schwanger und hat dann, als es keiner mehr gedacht hat, noch einmal ein Kind bekommen. Ich war oft bei Familie Muller zu Besuch und Mrs Muller, die alle immer nur Mary genannt haben, war nur selten zu Hause, weil sie schon immer viel im hiesigen Supermarkt gearbeitet hat. Archie ist jedenfalls eher väterlich für mich, obwohl das natürlich eigentlich nicht sein kann. Seine kumpelhafte und fürsorgliche Ader hat diesen Eindruck aber immer aufrechterhalten können.

"Hallo, Hellen. Schicke Mütze", sagt Archie mit einem dicken Grinsen unter dem Vollbart, durch den sich einige graue Strähnen ziehen. "Wie geht es dir? Schon bereit für Weihnachten?"

"Na klar. Du kennst mich doch, ich bin immer bereit für Weihnachten", gebe ich lachend zurück. "Und wie geht es dir?"

"Stressig im Moment. Mum hatte die schwachsinnige Idee, mit ihren sechzig Jahren noch einmal eine Kreuzfahrt machen zu müssen. Dad und sie sind also nun unterwegs, und wir dürfen uns um Haus und vor allem um die Haustiere kümmern. Jane hat auf der Arbeit jede Menge zu tun, so kurz vor Weihnachten muss schließlich jeder noch Geschenke kaufen. Und ich komme hier auch erst spät weg."

"Wie lange bleiben sie denn noch auf dem Schiff?", will ich erschrocken wissen. Ich hätte kein gutes Gefühl, wenn meine Eltern eine Kreuzfahrt zu dieser Jahreszeit machen würden.

"Noch zwei Wochen", seufzt Archie und zuckt dann die Schultern. "Wir schon rumgehen. Aber wenn du mal Gassi gehen willst mit den Jungs, sag Bescheid."

Die Jungs sind zwei Rottweiler, und dabei sind es nicht einmal zwei Jungs, sondern ein Rüde und ein Weibchen. Stadtbekannte Rottweiler, um genau zu sein. Leika und Lumpi machen die Straßen hier auf freundliche und bezaubernde Art unsicher und obwohl diese Hunderasse den Ruf von Kampfhunden trägt, entsprechen sie von ihrem Wesen her eher einem Mops. Verspielt, ein wenig dickköpfig und vor allem unheimlich treu. Aber so wunderbar die Hunde sind, so anstrengend ist es auch, sie den ganzen Tag zu beschäftigen. Mary und ihr Mann Paul können das als Rentner ohne Probleme machen, aber für Archie und Jane gestaltet sich das Spaßprogramm sicherlich etwas schwerer.

"Vielleicht nehme ich sie euch mal einen Nachmittag ab. Sind sie jetzt hier oder alleine in der Wohnung?"

"Ich kann die beiden Racker doch nicht alleine in der kleinen Wohnung lassen. Das würden sie mir vermutlich niemals verzeihen, egal wie viele Würstchen es zu Weihnachten gibt. Also habe ich sie mit hergenommen. Die meiste Zeit liegen sie hinten im Lager herum und schlafen, alle paar Stunden gehen sie kurz in den Innenhof, machen ihr Geschäft, und legen sich dann wieder hin. Dafür machen wir jeden Abend einen ausgiebigen

Spaziergang. Sie scheinen den Schnee aber nicht so zu mögen, also ist das okay. Und es ist ja nur für eine kurze Zeit so."

Ich bin mir sicher, dass die beiden Hunde eine schöne Zeit hier haben. Immerhin fällt im Café sicherlich häufig mal ein Leckerli für die beiden ab.

"Also, was darf ich dir denn anbieten?", will Archie schließlich wissen und ich registriere, dass die Schlange hinter mir länger und länger geworden ist.

"Oh sorry, ich halte alles auf. Ich hätte gerne einen einfachen Kaffee, mit etwas Milch. Und kannst du mir eine Tüte mit Plätzchen geben?"

"Aber klar", sagt er und nimmt sich trotz des Andrangs viel Zeit für meine Bestellung. Archie packt eine Reihe verschiedene Plätzchen ein – viel zu viele nur für mich alleine – und legt sie auf den Tresen.

Ich bezahle schnell und nehme dankbar den wärmenden Kaffee entgegen, dann verabschiede ich mich überschwänglich, aber Archie ist schon mit dem nächsten Kunden beschäftigt.

Der Weg zurück zu meinem Auto verläuft hochkonzentriert, weil ich wenig Lust habe, mir den heißen Kaffee über die Finger zu schütten. Und als ich fast angekommen bin, geschieht es doch beinahe. Chris Franklin und Jimmy stehen an meinem Wagen und warten auf mich. "Huhu", rufe ich und die zwei Köpfe drehen sich zu mir um. So fröhlich, wie diese beiden Silben über meine Lippen gehuscht sind, fühle ich mich gar nicht.

"War noch genug Zeit, Kaffee zu holen, hmm?", höre ich Chris murren, als ich näherkomme.

"Ihr seid ja ganz schön früh", stelle ich unbeeindruckt fest und tue so, als hätte ich seine Worte nicht gehört. Angriff ist die beste Verteidigung.

"Hast du da Plätzchen in der Hand?", fragt Jimmy, der von der Reiberei, wie gestern bereits, nichts mitzubekommen scheint. Er winkt seinerseits mit einer großen Plastikbox, in der es raschelt, als er sie schüttelt.

"Ja, ich konnte nicht widerstehen", gebe ich zu und strubbele ihm aus einem plötzlichen Reflex heraus durch die Haare. "Zeig mal, was hast du für Plätzchen dabei?"

Jimmys Augen strahlen, er kommt nur zu gerne meiner Bitte nach. Seinen Bruder, der regungslos neben uns steht und das Geschehen stumm beobachtet, versuche ich dabei geflissentlich auszublenden.

Jimmy hebt den Deckel an und ich sehe krumme Vanillekipferl, Kokosmakronen ohne Oblaten und ausgestochene Mürbeteigplätzchen mit bunten Perlen.

"Wow, die sind toll geworden. Die schmecken bestimmt besser als die, die ich gekauft habe."

"Wenn du willst, kann ich dir ein paar abgeben. Wir haben sowieso viel zu viele gemacht", bietet Jimmy an und greift mit seinen kleinen Händen kurzerhand in die Box, um mir ein paar Plätzchen zu geben. Ich halte unterdessen die kleine Tüte mit Keksen, die Archie mir gereicht hat, auf, und mein neuer Kumpel lässt seine Plätzchen hineinfallen.

"Das sind die Chrimmy-Spezial-Plätzchen", sagt der Junge mit einem ausgestochenen Stern in der Hand zu mir und lässt auch diesen dann in meine aufgehaltene Tüte fallen.

"Chrimmy?"

"Chris und Jimmy", erklärt er, als sei es das Logischste der Welt. Was es ja vielleicht auch in gewisser Weise ist. Sein Tonfall erinnert mich überhaupt nicht an ein Kind, der Junge wirkt schon unheimlich erwachsen für sein Alter. "Wir haben uns das Rezept ausgedacht", fährt er fort und ich schaue ihn beeindruckt an.

Chris Franklin sagt noch immer keinen Ton.

Kaum zu glauben, dass diese beiden Menschen miteinander verwandt sein sollen.

"Danke, Jimmy", sage ich ehrlich und kann dem Drang, ihm noch einmal durch die dichten braunen Haare zu fahren, nicht widerstehen. Er grinst spitzbübisch und springt dann zur Hintertür meines Wagens.

"Können wir dann endlich los?", murrt Chris Franklin weiter.

"Aber klar doch!", gebe ich enthusiastischer zurück, als mir zumute ist, und steige ein.

-

Die Fahrt verläuft sehr einseitig.

Sehr, sehr einseitig.

Das Radio habe ich leise gestellt und nachdem mein mürrischer Beifahrer mir erklärt hat, dass ich ein bisschen aus Rye rausfahren muss, um zur Grundschule zu gelangen, schweigt er beharrlich. Auch Jimmy scheint seine gute Laune irgendwo zwischen in der Karosserie meines Autos verloren zu haben und schaut still aus dem Fenster. Das ist nicht die Art von Autofahrt, die ich mir morgens um kurz nach sieben wünsche.

"Und, seid ihr schon genauso in Weihnachtsstimmung wie ich?", versuche ich die Stimmung mit der wohl allgemeinsten Frage der Welt zu lockern. Was ich nicht erwartet habe, war, dass mir keiner antwortet.

Nervosität krabbelt in meine Glieder. Das läuft sogar noch schlechter als erwartet.

Ich quassele verzweifelt weiter: "Also ich bin der totale Fan von Weihnachten. Nicht wegen der Geschenke, sondern eher, weil dann alles gemütlich und geschmückt ist und man überall in glückliche Gesichter schauen kann."

Noch immer herrscht Schweigen.

"Chris, was ist denn Ihr größter Wunsch für die Weihnachtszeit?", will ich wissen. Einen kleinen Jungen kann ich immerhin schlecht zum Reden zwingen.

"Ich habe keine", murrt er knapp, aber deutlich.

"Kein Weihnachtsfan?", gebe ich zurück, obwohl ich die Antwort schon kenne.

"Nein."

"Okaaay. Und Jimmy? Wie ist es bei dir?", starte ich nun noch einen Versuch. Das darf doch nicht wahr sein. Wenn ich jetzt wieder eine derart knappe Antwort bekomme, dann gebe ich es auf. Ich kann auch gut schweigen, so ist es nicht.

"Früher mochte ich Weihnachten. Mit Mum und Dad. Aber jetzt nicht mehr so", kommt es nach unendlich langen Momenten von der Rückbank.

In diesem Moment sollte jeder Mensch wissen, dass man die eine offensichtliche Frage *nicht* stellen sollte. Ich mache es natürlich dennoch. "Was ist denn mit deinen Eltern?"

"Ich ... also ... sie sind nicht mehr da."

Oh. *Oh nein.*

Meine Stimme klingt piepsig, als ich antworte. "Das ... tut mir leid"

Chris Franklin schnaubt. "Klar doch."

Seine Worte machen mich wütend. Wenn Jimmy nicht wäre, dann würde ich ebendieser Wut nur zu gerne Luft machen. Stattdessen schiebe ich eine zweite Entschuldigung hinterher. Mehrere hundert Meter geschieht nichts, erst dann explodiert Chris Franklin lautstark.

"Immer tut es allen leid. Sie wissen doch gar nicht, wie das wirklich ist. Oder müssen Sie auch einen Jungen ohne seine Eltern aufziehen? Haben Sie auch Ihre Mutter bei der Geburt ihres Bruders verloren? Und den Vater nur wenige Monate später, weil er einfach nicht ohne seine Frau sein wollte? Ich wette, nein. Damit ist das Gespräch beendet. Stecken Sie sich Ihre blöden Fragen nach Weihnachten woanders hin."

Mein Puls rast wie wild. Nachdem der Mann neben mir nun wieder verstummt ist, ist es auf eine sehr unangenehme Weise still im Auto, um die ich dennoch froh bin.

Jetzt macht auch das, was Chris Franklin gestern gesagt hat, Sinn. Dass die Eltern der beiden enttäuscht wären. Oh Gott.

Hallo, fürchterlichstes Fettnäpfchen der Welt, hier bin ich.

Die Eltern von Chris und Jimmy leben nicht mehr. Und ich habe das Thema so ausgereizt und den Mann neben mir damit zum Kochen gebracht.

Völlige Überforderung schlägt um mich herum auf, meine Finger beginnen urplötzlich am Lenkrad zu zittern und ich spüre, wie Tränen in meinen Augen zu schimmern beginnen. Es ist eine Mischung aus Trauer für die beiden Menschen in meinem Auto und ein wenig Wut. Und vor allem ist es, weil ich mich so ungerecht behandelt fühle wie noch nie. So lange ich auch in den Ecken meines Kopfes krame, mir fällt kein einziges Wort ein, das ich in dieser Situation sagen könnte. Geschweige denn ein ganzer Satz.

Jimmy auf der Rückbank schweigt genauso beharrlich.

Leichter Schneefall setzt ein. Oder sehe ich nur so verschwommen wegen der Tränen in meinen Augen?

Ich fahre auf eine Landstraße, auf der ich mich wenigstens gut genug auskenne, um auch ohne viel Verstand den richtigen Weg entlangzufahren. Es kommen nur sehr wenige Autos entgegen und die paar wenigen Scheinwerferpaare, die mir begegnen, blenden mich fürchterlich.

In Ermangelung einer anderen Alternative drehe ich das Radio etwas lauter. Ich habe keinen blassen Schimmer, wie ich mit dieser Situation umgehen soll.

Beide Eltern tot. Ein so kleiner Kerl ohne Mama und Papa, nur mit einem großen Bruder? Und auch für Chris Franklin muss das fürchterlich sein. Kann man sich von so einem Schicksal überhaupt erholen?

Mitleid pulsiert durch meine Venen, aber ich bin zu stolz, um es zuzugeben. Die Geschichte der beiden ist fürchterlich, aber ich finde nicht, dass sie deswegen rechtfertigt, mich dermaßen anzugehen.

Der Sprecher gibt den Wetterbericht durch. Schnee, Schnee, Eis, Glätte. Und schließlich mischt sich in die angenehme Stimme des Moderators noch etwas anderes. Ein Brummen. Und es kommt eindeutig von der Beifahrerseite.

Kurz wende ich den Blick von der Fahrbahn ab und schaue zu Chris Franklin. Bilde ich mir das ein, oder ist er plötzlich wie zusammengesunken auf den alten Polstern meines Wagens?

Ich will ihn gerade fragen, ob er etwas gesagt hat, da brummelt er weiter. *Kann dieser Mann auch in einer anderen Tonlage sprechen?*, fährt es mir durch den Kopf, bevor ich endlich den zweiten Teil seines Satzes über den Fahrtlärm hinweg hören kann.

"… hätte nicht direkt laut werden müssen."

Aus Selbstschutz sage ich erst einmal nichts, sondern warte, ob noch etwas von der Seite kommt. Im Kopf überschlage ich, wie viele Minuten es noch bis zu Jimmys Grundschule sind, und komme auf etwa fünf, wenn alles glatt läuft.

"Haben Sie mich gehört?"

Tief durchatmen, Hellen.

Dann gebe ich ruhig zurück: "Wenn Sie nicht so leise sprechen würden, dann hätte ich vielleicht den ganzen Satz verstanden. Ich habe nur irgendwas von laut werden aufgeschnappt. Aber es ist auch okay, wenn Sie nicht mit mir sprechen möchten."

"Könnt ihr aufhören, immer Sie zueinander zu sagen?", kommt es von hinten. Jimmys Anwesenheit hätte ich beinahe vergessen in meinem eigenen Chaos im Kopf. "Das ist irgendwie komisch", schiebt er hinterher.

"Stimmt, Kumpel. Die Erwachsenen sind heute wirklich komisch." Chris Franklin schaut auf seine ineinander gefalteten Hände. Ist er etwa nervös?

"Okay, also. Hellen, nicht wahr? Wie wäre es, wenn wir noch einmal anfangen?", stammelt er. Das kann nicht sein Ernst sein.

Bestürzt schüttele ich den Kopf. "So einfach ist das nicht. Sie können nicht einfach hier herumschreien und mich für Dinge beschuldigen, die ich nie gedacht, geschweige denn ausgesprochen habe. Ich lasse mich nicht gerne für Sachen maßregeln, von denen ich überhaupt nichts wissen kann. Und da Sie mich sowieso nicht mögen, kann ich auch gleich mit einer schlechten Charaktereigenschaft ins Haus fallen: Ich bin ein ziemlich nachtragender Mensch."

Chris Franklin zeigt sich unbeeindruckt von meinem kleinen, emotionalen Ausbruch. Zum Glück weiß er nicht, dass der letzte Teil gelogen war. Ich mag vieles sein, aber nachtragend nicht.

Beim Gedanken an Jimmy hinter mir tut es mir auch augenblicklich leid, dass ich so deutlich war und das Angebot nicht einfach angenommen habe. Aber so weit über meinen Schatten kann ich nicht springen. Und ich mag auch nicht alle schlechten Gedanken einfach so herunterschlucken.

"Ich bin Chris", tönt es dann von neben mir. Ich kann das Siegerlächeln aus seiner Stimme heraushören. "Ich bin 27 Jahre alt und manchmal etwas mürrisch."

Mir bleibt der Mund offen stehen.

"Und ich bin Jimmy, bin zehn Jahre alt und habe einen Bruder, der sich manchmal nicht benehmen kann, mich aber gut erzogen hat."

Mein Mund schließt sich. Haben denn hier alle den Verstand verloren? Wie schaffen es die beiden, meine miserable, gebeutelte Laune mit zwei Sätzen umzukehren, all meine Beschlüsse einzustampfen und mich dazu zu bringen, bei diesem bescheuerten Spiel mitzumachen?

"Dann bin ich wohl Hellen. Fünfundzwanzig. Und ich glaube, dass ihr beide ziemlich recht habt."

Chris lächelt, als ich den Kopf kurz zu ihm neige. Ein weiterer Blick in den Rückspiegel zeigt mir, dass auch Jimmy ein Grinsen im Gesicht hat.

Auch wenn all meine Sinne sich dagegen sträuben: Die beiden haben mich wohl oder über rumgekriegt.

Auch ich beginne zu lächeln.

-

Mit meinen fünf geschätzten Minuten Restfahrt-
zeit lag ich ziemlich gut, denke ich, als ich auf den
Parkplatz der Grundschule fahre. Hier wurde der
Schnee notdürftig so von den Markierungen der
Parkplätze gekratzt, dass man sehen kann, wie
man sich korrekt hinstellen muss. Der neuerliche,
leichte Schneefall droht diesem Zustand aber mit
erhobenem Finger.

Ich kann nicht behaupten, dass meine Anspannung sich vollkommen gelegt hat, aber die Wut in
meinem Innersten hat nachgelassen. Von der vorwurfsvollen Stimmung ist nichts mehr übrig, als
ich den Motor abstelle. Stattdessen hat sich ein anderes Gefühl breitgemacht: Unsicherheit. Nicht
nur bei mir selbst, ich meine auch zu spüren, dass
es den beiden Gästen in meinem Auto ähnlich
geht. Eine solche Situation kann man eben in keinem Lehrbuch finden.

"Okay, Kumpel. Wir sind da", sagt Chris, und
die Vertrautheit in seinen Worten hat einen wunderbaren Klang. Ich kann nur schwer verstehen,
dass diese liebevolle Art noch vor wenigen Minuten eher dem Temperament eines Mähdreschers
glich.

Jimmy klettert mit einem "weiß ich doch" aus
dem Auto und beide Autotüren schlagen kurz hin-
tereinander zu. Für wenige Sekunden bleibe ich

alleine im Auto sitzen. Ich schließe die Augen. Meine Finger, die nach Chris scharfen Worten unkontrolliert zu zittern begonnen haben, liegen nun ruhig auf dem Lenkrad. Das Gefühl, mich irgendwo festhalten zu müssen, ist noch nicht ganz fort. Weil mir aber sehr wohl bewusst ist, was für einen Eindruck es machen muss, nun sitzen zu bleiben und Jimmy ohne Abschiedsgruß von dannen ziehen zu lassen, raffe ich mich auf und steige ebenso aus.

Siedend heiß fällt mir ein, dass ich keinen Schimmer habe, wo Chris hinmuss. Die Rede war nur von der Grundschule.

Wie kommt er zur Arbeit? Oder muss ich ihn nun zurück nach Rye mitnehmen? Beim Gedanken, alleine mit ihm im Auto zu sitzen, krabbelt mir ein unangenehmer Schauer über den Rücken, der rein gar nichts mit dem kalten Wind zu tun hat, der meinen Körper einhüllt.

"Also dann. Jimmy, dir viel Spaß in der Schule. Und lasst euch die Plätzchen schmecken", sage ich winkend.

Der Junge grinst mit vor Kälte geröteten Wangen und zieht sich Handschuhe an, die er aus seiner Jackentasche befördert.

Chris schaut ihm dabei geduldig zu. Als sein Bruder Schwierigkeiten mit dem zweiten

Handschuh hat, hockt er sich neben ihn und hilft ihm fürsorglich. Jeden Finger versteckt er einzeln in den bunt gestrickten Maschen der Handschuhe, dann klopft er seinem kleinen Bruder liebevoll auf die Schulter und erhebt sich wieder.

Chris' warme, braune Augen richten sich auf mich. Sie haben ihre Strenge verloren und wirken nun ähnlich liebevoll wie in den Momenten, in denen er Jimmy betrachtet.

Das hat aber nichts mit dir zu tun, Hellen. Er hat einfach nicht schnell genug von dem einen in den anderen Modus geschaltet.

"Wünschst du mir nicht auch viel Spaß in der Schule?", fragt Chris schließlich. Verwirrt schüttele ich den Kopf. Was meint er damit? Er bleibt mir eine Antwort schuldig. Stattdessen kommt eine Gruppe von vier Mädchen, alle in violetten oder rosafarbenen Wintermänteln und perfekt abgestimmten Wollmützen, an uns vorbei. "Guten Morgen Mr Franklin!", rufen sie beinahe im Chor. Erst in diesem Moment fällt es mir wie Schuppen von den Augen.

Chris Franklin ist Grundschullehrer.

Jimmy fängt an, seinen Bruder an der Hand in Richtung Gebäude zu ziehen. "Wir müssen dann rein", sagt Chris. "Danke für's Herbringen. Und Entschuldigung."

Mit diesen Worten dreht er sich um. Eine braune Ledertasche baumelt von seiner Schulter, ein kariertes Baumwollhemd lugt aus der Daunenjacke, die er trägt.

"Warte, Chris", rufe ich und erschrecke selbst über meine Worte. Wo kam das her? Und noch dazu so laut? Wollte ich nicht eigentlich ins Auto steigen und diesen gewöhnungsbedürftigen Morgen hinter mir lassen? Mich in der Werkstatt in Arbeit stürzen, bis mir alle Glieder schmerzen?

Wie in einem miserablen High-School-Film dreht Chris sich um. Seine Miene verrät rein gar nichts, aber er zieht eine Augenbraue fragend hoch.

"Soll ich euch nachher abholen?"

Wie in Zeitlupe senkt sich die Augenbraue wieder, stattdessen erscheinen Lachfältchen.

"Danke, das ist nicht nötig. Eine Kollegin bringt uns nachher heim. Mach es gut, Hellen. Und melde dich, wenn mein Auto wieder einsatzfähig ist."

Dann verschwinden Chris und Jimmy in den Gemäuern der Schule.

Drei

Mein Eifer sorgt dafür, dass wir schon um kurz nach zwei mit all der Arbeit fertig sind. Damit ich möglichst alle anderen Gedanken loswerde, habe ich doppelt so schnell gearbeitet.

Claire ist vor einer halben Stunde losgefahren, um Kassie abzuholen, und ich nehme mir die Freiheit und gehe kurz in den Innenhof, um durchzuatmen. Der Hof ist leer, die im Sommer blühenden Pflanzkästen sehen kahl und verwaist aus und das Licht schimmert hier hinten düster. Die Sonne hat es an diesen Tagen schwer, durch die Wolken zu brechen.

Ich lasse meine Gedanken den Tag zurückgleiten. Außer einem Auto, bei dem der Scheinwerfer kaputt war und einem, dessen Fensterheber ausgetauscht werden musste, gab es keine neuen Anrufe oder Aufträge. Wir liegen gut in der Zeit, besser eigentlich, als wir es sollten. Man merkt durchaus, dass nur die nötigsten Arbeiten gemacht werden und die Leute ihr Geld lieber für Geschenke ausgeben. Claire ist heute erst um zehn gekommen, nachdem sie mich verzweifelt angerufen und darüber geklagt hat, dass Kassie anhänglicher denn je ist. Im Hintergrund habe ich die Tochter meiner Chefin die ganze Zeit schreien hören.

Der Wutausbruch der Kleinen kam aber immerhin insofern günstig, dass ich mich kurz besinnen konnte. Wenige Minuten vor acht Uhr bin ich in der Werkstatt aufgekreuzt, habe das Schild an der Eingangstür herumgedreht, sodass man sieht, dass jemand da ist, und habe meinen mittlerweile leeren Kaffeebecher aus Archies Café in den Mülleimer im Büro geworfen. Dann hat es aber dennoch noch einige Minuten gedauert, ehe ich mich wirklich meiner Arbeit widmen konnte, und ich war mehr als froh darum, mit meinen Gedanken allein zu sein. Irgendwann habe ich mich zwar erfolgreich mit Arbeit abgelenkt, aber nun kommt alles wie ein Bumerang zurück.

Mit dem Vorsatz von Amanda in den Ohren habe ich den Tag begonnen, und alles, was es mir gebracht hat, war, in ein riesiges Fettnäpfchen zu treten. Zugegeben, ich habe es nicht kommen sehen können, aber das macht es nicht weniger unangenehm.

Das ist der ultimative Beweis dafür, dass man besser dran ist, wenn man *nicht* aus sich herausgeht. Wenn man in seiner Komfortzone bleibt.

Dann hättest du aber auch keine zwei lächelnden Gesichter gesehen, die sich bei dir bedankt haben.

Ich schüttele den Kopf, um den Gedanken zu vertreiben. Schwachsinn. Die beiden waren ja quasi gezwungen, sich zu freuen, dass ich endlich weg war. Das hatte rein gar nichts mit echter Dankbarkeit oder Sympathie zu tun. Rein gar nichts.

Warum kommt es mir dann aber so vor, als hätte sich im Laufe der Fahrt irgendetwas geändert? Nichts, was wirklich greifbar wäre, aber doch eine Nuance, die sich immer wieder nach vorne schiebt. Wie eine zaghaft blühende Narzisse im Frühling, die sich aus der schweren Zeit heraus kämpft und dann zu leben beginnt.

"Dein Gesicht sieht nach Gefühlschaos aus. Wenn ich es nicht besser wüsste, dann würde ich behaupten, dass du so etwas wie Liebeskummer hast."

Claire ist hinter mir erschienen und hat sich unbemerkt direkt neben mich gestellt. Ich erschrecke bei ihren Worten, zucke ein wenig zusammen, was sie zum Lachen bringt.

"Erde an Hellen, wir sind hier am Arbeiten", neckt sie mich dann.

"Erde an Claire, wir sind schon fertig für heute", argumentiere ich. "Wo steckt Kassie?"

Meine Chefin verdreht die Augen, dann flüstert sie: "Glaub mir, Kinder sind das schönste

Geschenk der Welt. Aber manchmal ..." Den Rest des Satzes lässt sie offen. "Kassie ist oben im Büro. Auf dem Weg hierher hat sie sich beschwert, dass sie dieses Jahr noch keine Weihnachtsdeko machen durfte, und schmollt seitdem. Egal, was man macht, man macht es falsch."

"Wem sagst du das", kommt es verbittert von mir und als ich merke, dass ich es laut ausgesprochen habe, anstatt es nur zu denken, hebe ich die Hand an den Mund.

"Was ist passiert?"

Ich hadere mit mir selbst. Claire ist eine wunderbare Freundin. Meine beste Freundin, um genau zu sein. Aber so chaotisch, wie sie ist, geht es manchmal auch in ihrem Kopf zu. Sie hört einem zu wie kaum ein anderer, aber ihre Ratschläge sind meist etwas wirr. Auf der anderen Seite habe ich auch Amandas Ratschlag befolgt, und viel unangenehmer kann meine derzeitige Situation eigentlich gar nicht werden.

Also erzähle ich ihr alles. In Claires Gesicht zieht Verständnis auf, als die Sprache auf den gestrigen Tag kommt und sie wirft ein leises "Kreislaufprobleme also", ein, das mich erröten lässt. Dann schwenke ich zum heutigen Morgen um und lasse keinen Moment aus. Von dem

Plätzchentausch über meine eigentlich unverfängliche Frage bis hin zum filmreifen Abschied.

Nachdem ich geendet habe, schweigt Claire kurz, ehe ein Einwand kommt, mit dem ich insgeheim schon gerechnet habe. "Bist du sicher, dass du vom selben Mann sprichst?"

"Auf diese Frage werde ich nicht antworten."

"Okay, wenn du darüber nicht lachen kannst, dann geht dir die Geschichte wirklich nah", stellt Claire besorgt fest.

Ich nicke bekümmert und warte auf weitere Worte, weil ich nicht weiß, was ich darauf antworten soll. Glücklicherweise versteht meine Freundin mein Unbehagen.

"Ich glaube, die Geschichte von Familie Franklin war sogar vor ein paar Jahren in der Zeitung. Du weißt schon, dieses kleine Blatt, das keiner liest, von dem aber jeder Bescheid weiß. Die dachten, sie könnten ein großes Ding daraus machen. Tragödie, jeder will wissen, was passiert ist. Es hat natürlich nicht funktioniert, stattdessen hat die Zeitung viel Kritik bekommen, dass sie diese Sache so groß aufziehen wollten. Damals haben Bennett und ich zum ersten Mal mit dem Gedanken an eigene Kinder gespielt. Als ich das gelesen habe, war ich plötzlich nicht mehr so überzeugt von dieser Idee. Weil wenn man Mutter ist – oder Vater –

dann hat man damit eine Verantwortung, die sich mit nichts anderem vergleichen lässt. Egal was mit einem selbst ist, man muss immer irgendwie dafür sorgen, dass das Kind nicht darunter leidet. Du hast die schlimmste Grippe der Welt? Egal, das Kind will trotzdem Monopoly spielen. Du hast viel zu tun auf der Arbeit? Egal, das Kind motzt trotzdem rum. Du hast Lust, dir fettiges Essen liefern zu lassen? Du wirst es vermutlich nicht tun, weil dein Kind etwas Ordentliches essen sollte." Claire stockt kurz und holt Luft. Dann schlingt sie die Arme um den eigenen Oberkörper, als müsste sie sich selbst Halt geben. "Worauf ich hinauswill, ist aber folgendes: Wenn du ein Kind hast, dann willst du um jeden Preis, dass es ihm gut geht. Deswegen hat diese ganze Sache mich damals so mitgenommen. Wie grausam muss es sein, zu wissen, dass man sein Kind zwar bekommt, dabei aber selbst sterben muss? Was muss man als Vater in diesem Moment denken? Das sind Themen, bei denen sich jedes Herz zusammenkrampft, egal, ob man selbst Kinder hat oder nicht. Und stell dir vor, wie das als Bruder sein muss. Wie alt war er damals, als die Mutter starb?"

Ich überlege kurz und denke an das Gespräch im Auto zurück. "Siebzehn wahrscheinlich. Höchstens achtzehn", sage ich dann und bin im selben Moment erschüttert. Daran habe ich nicht gedacht. "Dann war er ungefähr zwanzig, als er und sein Bruder Vollwaisen wurden."

"Wie schrecklich. Da habe ich mich noch jedes Wochenende betrunken und dachte an jedem zweiten Sonntag war ich der Überzeugung, ich hätte mich unsterblich verliebt. Und er musste zu diesem Zeitpunkt schon Vater, Mutter und Bruder sein. Einen Beruf erlernen, Miete zahlen, Wäsche waschen, kochen. Soll ich weitermachen?"

Mir fährt eine Gänsehaut über den ganzen Körper. "Nein, lieber nicht. Oh Gott, jetzt fühle ich mich noch schlechter, dass ich ihm überhaupt einen Vorwurf für seinen Ausbruch gemacht habe."

"Das ist menschlich, Süße. Mach dir deswegen keine Vorwürfe. Aber denk beim nächsten Mal einfach daran, dass niemand griesgrämig auf die Welt kommt. Und vielleicht schaffst du es ja dann, das Leben von diesem mysteriösen Chris Franklin ein bisschen bunter zu machen."

Dankbar lächele ich meine Chefin an. "Du bist nun schon die zweite Person innerhalb eines Tages, die genau das zu mir sagt."

"Dann solltest du es dir zu Herzen nehmen", sagt Claire, ehe sie mich in eine feste Umarmung zieht, die meine Welt wieder in geregelte Bahnen lenkt.

-

Wir verbringen den Rest des Nachmittages damit, die Werkstatt zu schmücken. Claire befördert Kilos an Lichterketten ans Tageslicht und wir wissen schon nach knapp der Hälfte nicht mehr, wohin damit. Zusätzlich hängen wir überall dort, wo es auch nur ansatzweise möglich ist, große und kleine Weihnachtskugeln auf. Kassie hat im Kindergarten kleinen Holzschmuck gebastelt, der einen Ehrenplatz in Claires Büro bekommt. Bei der Gelegenheit stecken wir ziemlich unprofessionell alle losen Zettel in eine Ablage und meine Chefin verspricht, sich noch vor Weihnachten damit zu befassen, all die Dinge in Ordner zu sortieren.

Ich glaube nicht daran.

Nach knappen zwei Stunden Arbeit ist die Werkstatt weihnachtstauglich. Zu allem Überfluss lässt Claire dann auch noch Weihnachtsmusik von einer selbst zusammengestellten Playlist laufen und meine Laune steigt in ungeahnte Höhen. So viel Kitsch kann mein Herz heute wirklich gut vertragen.

Irgendwann lässt Kassie sich erschöpft auf einem Stapel Reifen nieder, der ausgemustert in der Ecke steht und mehr der Dekoration dient, als dass er Nutzen hat. Eine andere Mutter hätte vielleicht geschimpft, wenn sich ihr Kind mit heller Hose auf den dreckigsten Untergrund setzt, den man sich vorstellen kann, Claire aber schaut ihre Tochter nur liebevoll an. Vom Wutausbruch der Kleinen ist nichts mehr übrig.

Für einen Moment sitzen wir noch beisammen, jeder auf einem eigenen Reifenstapel, sprechen über Belanglosigkeiten und lauschen die meiste Zeit über der Musik aus den schlechten Boxen in der anderen Ecke des Raumes. Schließlich erhebt sich meine Chefin und sagt: "Schluss für heute. Ich glaube, da braucht jemand ganz dringend einen Mittagsschlaf." Und mit Blick zu mir fügt sie an: "Und jemand anderes muss seine Gedanken sortieren, bevor morgen die Bremsscheiben für den Jeep mit dem bösen Besitzer kommen."

-

Auf dem Heimweg telefoniere ich mit meinen Eltern und lasse mich zu einem vorweihnachtlichen Essen am ersten Advent überreden. Obwohl meine Eltern nur knappe zehn Fußminuten von mir entfernt wohnen, besuche ich sie in letzter Zeit viel zu wenig.

Noch eine Sache, an der ich dringend arbeiten muss.

Ich habe ein wunderbares Verhältnis zu meinen Eltern. Als Einzelkind bin ich schon immer ihr ganzer Stolz gewesen und bin so behütet aufgewachsen, wie man es sich nur vorstellen kann. Insgeheim haben meine Eltern wohl immer geglaubt, dass ich eines Tages aus Rye wegziehen würde. Dass mein Versuch, ein Auslandsjahr zu machen, nur der erste Schritt in Richtung vollkommene Unabhängigkeit ist.

Heute bin ich einfach nur froh, so nah bei meinen Wurzeln zu sein. Abenteuer kann man auch in seiner Heimat erleben, man muss sie nur für sich entdecken.

Ich wimmele meine Mum dennoch recht schnell ab, als ich auf einem Parkplatz direkt vor der Wohnung stehe. Für heute freue ich mich auf einen entspannten Abend in der Badewanne und mit einem guten Glas Wein und einem noch besseren Buch.

Aber eigentlich hätte ich es besser wissen müssen: Amanda steht vor meiner Wohnungstür und wartet, die Hände in die Hüften gestemmt.

"Ich habe die neugierigste Nachbarin der Welt", sage ich anstelle einer Begrüßung. Amanda sagt nichts, sondern zieht mich in ihre Wohnung.

Mich überkommt ein Déjà Vu. So ähnlich habe ich mich gestern schon einmal gefühlt, so ähnlich schon einmal verhalten. Ohne Widerstand folge ich meiner Nachbarin in ihre bunte Wohnung.

Vier

Mit rasenden Kopfschmerzen unterschreibe ich den Lieferzettel. Der Mann, der uns die Bremsscheiben liefert, könnte der Weihnachtsmann höchstpersönlich sein, aber seine grimmige Miene erstickt jeden meiner Sprüche darüber im Keim. Vielleicht fände ich es auch nicht lustig, wenn ich Ende November einen Weihnachtsmannbart inklusive Weihnachtsmannbäuchlein hätte. Immerhin wird er darauf mit großer Sicherheit häufig angesprochen.

Als ich mich umdrehe, um die Lieferung direkt nach drinnen zu bringen, dröhnt mein Kopf und Übelkeit sucht mich schlagartig heim.

Das war etwas zu viel Wein gestern, stelle ich leidend fest. Die Werkstatt ist schwummerig und dreht sich in unregelmäßigen Abständen um die eigene Achse. Jedenfalls ist das mein Empfinden.

"Ich bin aus der Übung", murmele ich, als ich an Claire vorbeikomme, die gerade an einer der Hebebühnen steht und voller Verzweiflung versucht, einen Auspuff zu reparieren.

"Ach Süße, jeder muss sich mal ordentlich betrinken. Weißt du doch", nuschelt sie dann undeutlich und hoch konzentriert auf das, was sie tut.

Skeptisch schaue ich Claire an. "Ich weiß ja nicht, ob das wirklich eine gute Weisheit ist."

"So eine Schrottkiste. Der Mann soll sich einfach ein neues Auto kaufen!"

Ich halte inne und schaue meine Chefin fragend an. "Wir verstehen uns immer blind", kommentiere ich dann ihren völlig unzusammenhängenden Satz und mache mich selbst an die Arbeit.

Chris' Jeep ist ebenfalls schon auf der Hebebühne. Während ich die Bremsen erneuere und Claire weiterhin beschäftigt ist, schweigen wir. Ich habe viel leichteres Spiel mit meiner Arbeit, weil der Jeep noch nicht alt und daher leichter zu reparieren ist als ein Wagen, der schon seit zwanzig Jahren auf der Straße unterwegs ist und mindestens genauso oft repariert wurde. Ich merke erst, dass es schon fast fünf Uhr ist, als die Tür aufgeht und der Paketbote hereinkommt.

Boris kommt jeden Tag auf die Minute pünktlich.

"Hallo Ladys. Ich bringe Weihnachtsgeschenke", sagt er und lässt einen ganzen Stapel voller Pakete diverser Onlinehändler auf den dreckigen Boden fallen.

"Hi Boris. Ich nehme an, das ist alles für die Chefin?", sage ich über die Schulter.

"Ja, sorry Kleines", gibt er in süffisantem Ton zurück. Er kann es nicht sehen, aber ich verdrehe die Augen. Keine gute Idee, der Kater schlummert immer noch in meinen Knochen.

Boris hat die unangenehme Eigenart, mit jeder Frau so zu sprechen, als würde er mit ihr flirten. Vielleicht ist das genau der Grund, weshalb er noch nie von einer Frau oder einer Freundin erzählt hat. Während Claire und er sich noch kurz unterhalten – ich frage mich, wie meine Chefin mit diesem Menschen auf einen Nenner kommen kann – beende ich die Arbeit an den Bremsen und halte mich im Hintergrund, bis Boris von dannen gezogen ist.

"So ein Schwachmat", kommentiert Claire, nimmt sich die Pakete, und trägt sie hinauf in ihr Büro. Mit großer Wahrscheinlichkeit ist kein einziges Paket davon ein Teil für die Werkstatt. "Wenn du magst, kannst du Feierabend machen, Süße. Wir haben genug geschuftet heute."

"Okay, ich fahre nur schnell eine Runde mit dem Jeep und rufe dann Chris an und sage Bescheid, dass sein Auto fertig ist", schallt meine Stimme als Antwort die Treppe hinauf. Ich sehe noch einen gestreckten Daumen, dann bin ich alleine.

Erst jetzt bemerke ich, dass die Art, wie ich diesen Satz gesagt habe, ziemlich leicht darauf schließen lässt, dass ich Chris ziemlich gut kenne. Als wären wir schon Ewigkeiten befreundet.

Wann ist das passiert? Warum nenne ich ihn nicht Mr Franklin?

Seine Nummer ist direkt hinter der meiner Mutter in der Anrufliste und ich verfahre wie schon vorgestern und drücke schnell den grünen Knopf, damit ich es bloß schnell hinter mich bringe.

"Ja?", meldet er sich knapp. Mein Herz wummert in meiner Brust.

"Hi, hier ist Hellen. Diesmal habe ich bessere Nachrichten. Das Auto ist fertig." Ich versuche, eine dezente Spur Enthusiasmus in meine Stimme zu legen, aber es wirkt völlig überladen.

Schweigen am anderen Ende. "Hallo Hellen", kommt es dann resigniert. Nicht mürrisch, nicht laut, nicht wütend.

"Ist alles okay bei dir?", rutscht es mir heraus, bevor ich es aufhalten kann.

Erneutes Schweigen. Ich zähle innerlich bis zehn. "Heute ist einfach kein guter Tag. Aber deine Nachricht ist gut. Sehr gut. Ich habe damit gerechnet, dass ich das Auto erst morgen abholen kann."

Ich weiß nicht, was ich darauf antworten soll. Soll ich fragen, was los ist? Oder soll ich es einfach übergehen? Beide Varianten erscheinen mir schlecht. Zum Glück nimmt Chris mir die Entscheidung ab. "Kann ich gleich vorbeikommen? Jimmy hat sich eben hingelegt, ich sage ihm nur schnell Bescheid und laufe dann los, okay? Bin in einer Viertelstunde da."

Chris Franklin hat aufgelegt. Und ich stehe wieder einmal wie versteinert da und starre auf mein Handy, dessen Display sich schwarz färbt.

Die folgende Viertelstunde merke ich, wie jede Faser meines Körpers sich nacheinander etwas mehr verkrampft, während ich eine Probefahrt durch das verschneite Städtchen mache. Ich weiß nicht, wie ich Chris gegenübertreten soll. Ich wusste es schon vor unserem Telefonat nicht und weiß es nun, da er mir auch noch eröffnet hat, dass kein guter Tag für ihn sei, noch weniger. Claires Worte von gestern hallen in meinen Ohren nach.

Versetz dich in seine Situation. Was würdest du dir wünschen, wenn du an seiner Stelle wärst?

Eine schwierige Fragestellung, wenn man bedenkt, dass man sein Leben und die

Verantwortung, die er trägt, nur schwer greifen kann. Trotzdem hilft es mir, den Moment besser einschätzen zu können und ich glaube, so etwas wie einen Plan zu haben, als er kurz nach mir durch die Tür kommt.

Ihm ist nicht anzusehen, dass er unglücklich oder gestresst ist. Vielleicht hat sich die Anspannung aber auch so sehr in seine Gesichtszüge gebrannt, dass das der Normalzustand ist und man nur übermäßige Freude als besonders erachten würde.

Er begrüßt mich etwas befremdlich, indem er mir die Hand reicht. Ich putze mir meine Hand an meiner Arbeitshose ab, greife nach seiner und zucke zusammen. Seine Finger sind eiskalt.

"Ist saukalt draußen", sagt er, als müsse er sich rechtfertigen.

"Ist ja auch saumäßig winterlich", greife ich seinen Jargon auf und entlocke ihm damit ein kleines Lächeln. "Magst du etwas trinken? Wir haben eine kleine Kaffeemaschine für Kunden hier unten und eine bessere oben im Büro, wenn du magst-"

"Nein, danke. Ich habe nur wenig Zeit. Muss noch ein paar Diktate korrigieren", unterbricht er mich.

Ich setze ein Lächeln auf. "Kein Problem, Mr Franklin", ziehe ich ihn mit seinem Lehrernamen auf. Da erscheint ein noch breiteres Grinsen. Meine Taktik scheint zu funktionieren.

"Okay, dann kannst du den Wagen gleich mitnehmen. Ich habe eben noch eine Probefahrt gemacht, der Schlüssel steckt noch. Falls es irgendwelche Probleme in den nächsten Tagen gibt, dann melde dich einfach. Aber eigentlich sollte jetzt alles wieder wunderbar laufen."

Chris nickt zaghaft. "Brauchst du noch was von mir? Soll ich gleich zahlen?"

"Nein", entgegne ich schnell, "die Rechnung bekommst du dann per Post, meine Chefin kümmert sich darum."

Damit ist alles gesagt, was er wissen muss. Dem Protokoll nach müssten wir uns nun verabschieden. Wir würden uns vielleicht noch einmal die Hand geben, dann würde er einsteigen und fortfahren. Und damit wäre das, was ich mir gestern noch gewünscht habe, Wirklichkeit geworden. Er wäre aus meinem Leben verschwunden. Rye ist zwar klein, aber groß genug, dass wir uns so schnell nicht mehr über den Weg laufen würden. Aber das, was ich jetzt fühle, fühlt sich verkehrt an. Ich habe eine unsichtbare Hürde vor mir und will dennoch nicht, dass er jetzt einfach geht. Ohne zu wissen woher dieser Wunsch kommt, möchte ich, dass das er ein kleines Stückchen glücklicher geht, als er gekommen ist.

"Kann ich noch etwas tun für euch? Ich meine jetzt nichts, was das Auto angeht, sondern eher etwas … persönliches?" Meine Frage klingt zu entmutigt, zu schwach, und ich hasse, dass es so ist.

"Wir kommen schon klar."

Kälte. So viel Kälte wie draußen vor der Tür. Und sie gilt wieder einmal nur mir. Weg ist das Lächeln, weg ist das nur schwach gebundene Band, das ich geglaubt habe zu spüren. Von dem ich dachte, dass ich es vielleicht geknüpft hätte.

Versetz dich in seine Lage, versetz sich in seine Lage.

Das Mantra, das ich mir selbst innerlich zuflüstere, hilft nur bedingt gegenüber der Enttäuschung, die ich verspüre, als er sich umdreht und die Werkstatt Sekunden später verlässt und mit durchdrehenden Reifen losfährt.

Fünf

Die folgenden Tage sind beinahe unangenehm langweilig. In der Werkstatt gibt es weiterhin nur sehr wenig zu tun und obwohl ich meist schon nach der Mittagspause in den Feierabend verschwinden kann, während Claire noch im Büro sitzt und Papierkram erledigt, fühle ich mich nicht richtig wohl in meiner Haut. Ich besuche meine Eltern auch unabhängig von dem ausgemachten Abendessen, kaufe ein paar Weihnachtsgeschenke und setze mich zu Archie ins Café.

Da sitze ich auch heute, die beiden Rottweiler liegen zu meinen Füßen und lassen sich abwechselnd von mir hinter den Ohren kraulen. Vor mir auf dem Tisch steht eine gelb marmorierte Tasse voll mit heißer Schokolade, die Archie mit Marshmallows und Sahne dekoriert hat. Mein Gewissen flüstert mir zu, dass ich für die nächsten Jahre meinen Bedarf an Schokolade gedeckt habe. Ich weiß aber, dass die Weihnachtszeit und all die Lebkuchen und Spekulatius, die Marzipankartoffeln und die Plätzchen an jeder Ecke ein starker Gegenspieler sind.

Mir tun drei Kilo mehr nicht weh. Ich war noch nie ein wirklich schlanker Mensch, sondern gesund wohlproportioniert. So, denke ich, kann man es nennen. Das hat den eindeutigen Vorteil, dass man Phasen, in denen ich wie wild Süßkram in mich hineinstopfe, nicht direkt an mir ausmachen kann. Die heiße Schokolade vor mir wird da keine Ausnahme machen.

Ich lese versunken in dem Kriminalroman, den ich dabeihabe, als eine kleine Gruppe Jungs hereinkommt. Ich beachte sie erst nicht, dann vernehme ich aber eindeutig Jimmys Stimme heraus.

"Die Plätzchen hier sind viel besser als die in der Schule, ihr müsst die unbedingt probieren", höre ich ihn sagen, dann reißt das, was ich verstehen kann, ab. Ich drehe mich um zur Theke und sehe, wie Archie die vier Jungs bedient. Leika neben mir hebt ebenfalls den Kopf, aufgeschreckt von meiner ruckartigen Bewegung. Ich versuche sie dazu zu bringen, dass sie sich wieder hinlegt, aber sie muss meine innerliche Anspannung spüren und erhebt sich nun gänzlich. Sie hat keinesfalls eine defensive Haltung angenommen, die Hündin wirkt eher gespannt und freudig. Das Wedeln ihres Schwanzes bekräftigt diesen Eindruck nur noch. Und als wäre das Verhalten der Hündin der Spiegel meiner eigenen Gefühle, merke ich, dass ich selbst bloß auch glücklich darüber bin, Jimmy zu sehen.

So anstrengend und schwer zu durchblicken sein Bruder auch sein mag, habe ich Jimmy in mein Herz geschlossen. Und das vermutlich schon in dem Augenblick, als er fasziniert in der Werkstatt herumgeschlichen ist. Ich werde dein Eindruck nicht los, dass er für sein Alter viel zu reif ist, kann es mir aber selbst gut erklären. Bei diesem Schicksal blieb dem Jungen kaum etwas anderes, als möglichst rasch erwachsener zu werden.

Die Aufmerksamkeit der Jungen richtet sich auf den Hund. Fast alle schauen die große Rottweilerdame ehrfürchtig an, immerhin sind die Kinder nicht viel größer als das Tier. Dann bemerkt Jimmy mich, fängt wie wild an zu winken und kommt auf mich zu. Respektvoll zwar, aber dennoch mit einem breiten Lächeln auf dem Gesicht.

"Hallo Hellen", begrüßt er mich. Nun steht auch Lumpi auf, der die Situation vollkommen falsch versteht und denkt, da käme jemand, um mit ihm zu spielen.

Auch ich begrüße den Jungen und meine Freude, dass er den Mut aufbringt, herzukommen, ist absolut echt. "Darf ich vorstellen: Hellen und die Rottweilerbande. Das sind Leika und Lumpi."

"Kann ich die beiden streicheln?", fragt Jimmy dann ehrfürchtig. Mir imponiert, dass er vor den großen Hunden gar keine Angst zu haben scheint. Nicht, dass man das müsste, aber Kinder denken eben manchmal irrational oder in dem, was sie von ihren Mitmenschen mitbekommen. Und wenn man ständig hört, dass Rottweiler böse Hunde sind, ist es ein Leichtes, eben das auch zu glauben.

"Natürlich darfst du das", sage ich ohne die Einwilligung von Archie einzuholen, dem diese Entscheidung eigentlich obliegen sollte. Aber das Strahlen in Jimmys Augen wird noch heller und da weiß ich, dass ich auf jeden Fall die richtige Bauchentscheidung getroffen habe. Meine Befürchtung, dass die Hunde nun vollends denken, jemand wäre nur zum Spielen gekommen, bewahrheitet sich allerdings genauso. Das Schwanzwedeln ist so stark, dass ich Angst um meine Tasse auf dem Tisch habe und sie vorsichtshalber noch ein Stückchen in die Mitte schiebe. Der Einband meines Buches daneben springt bei jedem Schlag, den eines der Tischbeine bekommt, ein Stückchen nach oben.

"Sind das deine Hunde?", will Jimmy irgendwann wissen. Er hat beide Hände an den Hinterköpfen der Hunde liegen und macht bemerkenswert synchrone Armbewegungen, damit auch keines der Tiere benachteiligt wird.

"Nein", erkläre ich. "Das sind die Hunde von den Besitzern des Cafés hier. Aber ich habe selbst keine Haustiere und bin ganz gerne mal von den beiden umgeben."

Jimmy seufzt. "Wir haben auch keine Haustiere. Ich überrede Chris schon länger, dass wir endlich einen Hund kaufen, aber er ist dagegen."

"So ein Hund ist auch viel mehr Arbeit, als du denkst", greife ich Chris unter die Arme. Schade, dass er das nicht mitbekommen kann. Vielleicht würde das mein Ansehen steigern.

"Und teuer sind sie auch."

"Aber sie sind gute Freunde." Damit setzt Jimmy so gut wie alle anderen Argumente außer Kraft. Verständnisvoll nicke ich und sage: "Ich weiß. Wenn ich mehr Zeit hätte, dann würde ich mir auch einen eigenen Hund zulegen. Wahrscheinlich einen Pudel."

Jimmy fängt an zu lachen. "Ein Pudel würde zu dir passen!"

"Hey", empöre ich mich mit gespielter Entrüstung. "Was soll das denn heißen?"

"Einfach, dass das gut passen würde. Welche Farbe hätte er?", fragt Jimmy dann.

"Hmm", überlege ich. "Wahrscheinlich schwarz. Das würde dann tatsächlich zu mir passen." Ich schaue demonstrativ an mir herunter. Dunkelgrauer Cardigan, schwarze Hose und schwarze Stiefel mit einem kleinen Absatz.

"Das würde dann aber nur zu deinem Outfit und nicht zu deinem Charakter passen." Jimmy stemmt die Hände in die Hüften und beäugt mich. Seine Geste hat nichts Kindliches mehr an sich. Und seine Worte lösen etwas in mir aus. Kinder sind immer ehrlicher als Erwachsene und sein einfacher Satz berührt mich mehr, als ich eigentlich zeigen möchte.

"Findest du?", hauche ich. Schade, dass das das einzige Kompliment ist, das ich in der letzten Zeit bekommen habe.

Von einem Zehnjährigen.

Aber es öffnet mein Herz für diesen kleinen Jungen noch ein Stückchen mehr.

Gerade will ich fragen, was sein Lieblingshund wäre, da wird Jimmy von seinen Freunden gerufen, weil er die Plätzchen noch nicht bezahlt hat. Rasch hole ich einen Zehn-Pfund-Schein aus meinem Portemonnaie und sage zu Jimmy: "Die Plätzchen gehen auf mich. Bezahl auch für deine Freunde."

Jimmy zögert, als wisse er nicht, ob er mein Angebot wirklich annehmen soll. Also wedele ich demonstrativ mit dem Schein in der Luft, bis er danach greift.

"Danke, Hellen!", ruft er im Weggehen. "Bis bald!"

Die Hunde sind genauso enttäuscht über sein Verschwinden wie ich und wir setzen uns in einer synchronen Bewegung wieder hin.

Dieser Junge hat wirklich alle Bewunderung dieser Welt verdient. Er hat kein Stück seiner Freundlichkeit verloren und das, obwohl sein Leben von außen betrachtet wirklich fürchterlich erscheint. Aber nach unserem Gespräch wird mir klar, dass er dennoch einfach ein ganz normaler Zehnjähriger ist. Einer, der sich einen Hund als Haustier wünscht. Einer, der mit seinen Freunden zusammen Süßigkeiten von seinem Taschengeld kaufen geht. Aber auch einer, der für sein Alter schon unglaublich reif ist, einfach, weil er es werden musste.

Das Klingeln meines Handys reißt mich aus meinen lethargischen Gedanken. Bis ich es endlich aus meiner Tasche gekramt habe, ist der Anruf schon entgangen. Claires Name blinkt vorwurfsvoll auf dem Display.

Was kann Claire von mir wollen?

Ich vermute, dass ich in der Werkstatt einspringen soll, oder dass plötzlich doch noch viel Arbeit neu dazu gekommen ist. Kurz denke ich auch, dass etwas mit Kassie oder Claires Mann Bennett sein könnte.

"Hey Süße, ich wollte dir nur sagen, dass ein Geschenk für dich in der Werkstatt angekommen ist", meldet sich Claire und fällt damit direkt mit der Tür ins Haus. Also alles so wie immer.

Verwirrt ziehe ich die Augenbrauen zusammen, dann antworte ich gedehnt: "Okaay. Und was für ein Geschenk?"

"Der Sinn an Geschenken ist für gewöhnlich, dass man sie selbst auspackt. Also beweg deinen Hintern hierher und tu das. Ich bin noch eine halbe Stunde da."

"Das schaffe ich", sage ich, plötzlich sehr gespannt auf das, was mich erwartet. "Und du bist sicher, dass da nicht steht ‚erst an Weihnachten öffnen'?"

"Nein, das steht da nicht, so weit habe ich auch schon gedacht. Ich bin vielleicht manchmal etwas durcheinander, aber ich bin nicht blöd."

Ich lache herzhaft, dann trinke ich rasch meine Tasse leer. "Wahrscheinlich ist es ein Flirtversuch von Boris", vermutet Claire dann und mein

Lachen wird so laut, dass einige der anderen Gäste sich zu mir umdrehen.

Wir verabschieden uns wortkarg wie immer, aber deswegen nicht weniger herzlich. Dann stehe ich auf. Lumpi und Leika schauen aus vorwurfsvollen braunen Augen zu mir empor.

"Ihr Süßen, ich muss jetzt leider los. Aber ich komme die Woche mal wieder bei euch vorbei. Auf, geht zu Archie", sage ich mit Blick nach unten.

Die Hunde bewegen sich nicht.

Ich versuche, den beiden Tieren mit einer eindeutigen Handbewegung zu zeigen, dass sie aufstehen sollen, aber vergebens. Da steht Archie neben mir. "Gib mir die Tasse. Und lass die Hunde einfach hier liegen, die bewegen sich nur, wenn ihnen danach ist."

Aus einem Impuls heraus nehme ich Archie kurz in den Arm und verschwinde dann aus dem Café in Richtung meines Autos.

-

Ich rutsche fast auf einem vereisten Teilstück des Innenhofes der Werkstatt aus, als ich zur Tür eile. Der Verkehr war unerwartet dicht. Dass das erste Adventswochenende bevorsteht, veranlasst die Leute in Rye augenscheinlich dazu, erste Geschenke kaufen gehen zu müssen. Außerdem ist es Freitagnachmittag, wo sich Feierabendverkehr mit den ersten Autos mischen, die in die nächste Stadt fahren, um dort feiern zu gehen oder Familie zu besuchen.

Von der halben Stunde, die Claire noch in der Werkstatt bleiben wollte, sind noch acht Minuten übrig, als ich endlich eintrete.

"Hab es geschafft", keuche ich. Von Claire ist keine Spur, deshalb hallen meine Worte ins Leere. Stattdessen steht auf meinem Werkzeugwagen ein eingepacktes Geschenk. Es ist etwa dreißig Zentimeter hoch und unglaublich unförmig. Ich lege den Kopf schräg wie ein Welpe, um auszumachen, was es ist, und komme mir im nächsten Moment ziemlich lächerlich vor.

"Claire?", rufe ich, um mich zu vergewissern, dass meine Chefin sich nicht irgendwo in der Ecke versteckt und mich beobachtet. Oder sogar filmt. Ich werde den Gedanken nicht los, dass hier etwas faul ist.

Doch meine Befürchtungen werden entkräftet, als ich leise Claires Stimme von oben höre. Alles kann ich nicht verstehen, aber ich höre ziemlich eindeutig Worte wie "Schatz" und "Liebling" heraus. Vermutlich telefoniert sie mit ihrem Mann Bennett.

Da die Luft anscheinend doch rein ist, bewege ich mich auf das Geschenk zu. Es ist mit dunkelrotem Geschenkpapier verpackt und hat eine Schleife aus goldenem Satinband. Allein die Verpackung ist schon so schön, dass es als Geschenk reichen würde. Meine Neugier lässt aber nicht zu, dass es so bleibt, also öffne ich das Papier.

Zum Vorschein kommt ein riesiger, bordeauxroter Weihnachtsstern in einem golden glitzernden Übertopf.

Wunderschön.

Wer auch immer das war, derjenige hat auf jeden Fall meinen Geschmack getroffen.

Ich hebe die Pflanze aus dem Papier und drehe sie einmal um die eigene Achse. Da fällt mir eine kleine Karte auf, die in die Erde gestopft ist. Sie ist nicht größer als mein Handteller und zeigt einen Weihnachtsbaum mit Augen und einem Mund, der mich frech anlächelt.

Eine Kinderkarte?

Gespannt, aber behutsam, nehme ich das bedruckte Stück Karton aus der Erde und drehe es herum.

Hey Hellen, danke für alles. Ich bin nicht unbedingt ein Mann der vielen Worte, aber ich hoffe, du nimmst das hier als Danke und als Entschuldigung gleichermaßen.

P. S. In der Schule gab es leider keine anderen Karten … aber hey, das auf der Karte ist Fred, der Baum. Die Kids lieben ihn. Also ist es eine gute Karte, auch für eine erwachsene Frau.

Ein unübersehbares Grinsen ist auf meinem Gesicht erschienen – und das nicht erst beim zweiten Teil der handschriftlichen Karte. Ich weiß auch ohne einen Namen, von wem dieses Geschenk ist.

Wie ein Teenager presse ich die Lippen zusammen und gebe einen komischen Laut von mir, eine Mischung aus einem unterdrückten Freuhdesschrei und einem langgezogenen O.

Das ist wirklich süß.

Vorsichtig stecke ich die Karte wieder zurück in die Blumenerde und betrachte die Blume noch einmal von etwas weiter weg.

Chris Franklin, denke ich im Stillen, *was bist du nur für ein verwirrender Mann?*

Sechs

"Schätzchen, reichst du mir bitte mal die Soße?", fragt mein Vater und ich strecke mich über den reichlich gedeckten Tisch, um ihm den Topf zu geben. Ich komme nur schwer ran, weil meine Mum sich mit dem Essen wieder einmal selbst übertroffen hat und viel zu viel gekocht hat. Die Töpfe, Schüsseln und Körbe haben gar nicht genug Platz auf dem Tisch und man erkennt nur mit Mühe die goldenen Sterne, die Teil der mitternachtsblauen Tischdecke sind.

Vielleicht ist auch der Adventskranz, der in der Mitte des Esstisches regelrecht thront und am dem wir vorhin die erste Kerze angezündet haben, ausschlaggebend für den wenigen Freiraum am Tisch. Aber das war schon immer so, und so muss das auch sein, wenn man bei Mum und Dad zu Gast ist.

Mein Dad brummelt ein lieb gemeintes Dankeschön und leert die Hälfte des Schüsselchens auf seinem Teller aus. Der Braten, der die ganze Wohnung mit einem herrlichen Duft versorgt, würde auch für drei Familien reichen, schmeckt aber köstlich.

Obwohl ich schon nahe an der Grenze zum Satt-Sein bin, nehme ich mir noch eine Scheibe Braten und Kartoffeln und überdecke auch meinen Teller mit Soße, bevor ich die Schüssel wieder an ihren angestammten Platz stelle.

"Hast du schon Geschenke gekauft, Liebes?", fragt meine Mum und begibt sich damit auf gefährliches Terrain. Denn wir sind eine der wenigen Familien, die *nicht* behaupten, sie würden sich nie etwas schenken und es dann doch machen. Wir schenken uns immer etwas. Es hat aber nie jemand Wünsche, was die Sache wirklich schwer macht.

Wir feiern schon seit ich denken kann bei meinen Eltern im Wohnzimmer. Ein riesiger Weihnachtsbaum steht schon drei Wochen vor Heiligabend geschmückt dort und von diesem Tag an darf jeder seine Geschenke darunterlegen.

Ich habe bisher nicht wirklich gute Dinge gekauft, das meiste davon ist weihnachtlicher Schwachsinn, damit es einfach mehr aussieht. Zwar spiele ich schon länger mit dem Gedanken, meinen Eltern eine Reise zu schenken, aber ich befürchte, dass sie das zu zweit gar nicht wollen. Wenn sie sich nicht auskennen, dann bereitet so eine Reise ihnen meistens eher Unbehagen als Freude, also müsste ich mitkommen. Und auch wenn Claire niemals dagegen stimmen würde, würde ich mich schlecht fühlen, einen zwei- oder dreiwöchigen Urlaub irgendwo am Strand zu verbringen, während sie mit der Werkstatt alleine ist. Ich gönne mir höchstens eine Woche am Stück Urlaub und auch da plagt mein schlechtes Gewissen mich mehr, als ich zugeben möchte. Immerhin ist Claire in ihrem Familienurlaub selbst jedes Mal erreichbar und nur mit einem Fuß wirklich an einem anderen Ort. Als einzige Werkstatt in Rye können wir es uns nicht leisten, für mehrere Wochen komplett dichtzumachen.

Die zweite Hürde für dieses Geschenk ist, dass ich nicht weiß, was für ein Land überhaupt in Frage käme. Weil meine Eltern sich in ihren Urlaubsvorlieben grundlegend unterscheiden, ist die Frage nach dem Wo immer schwierig zu beantworten. Während Dad am liebsten nur am Strand liegen und zwischendrin etwas essen wollen würde, ist meiner Mum schon nach zwei Tagen am Pool langweilig und es treibt sie in die nächstgelegene Stadt. Ich kann mich an einige Urlaube erinnern, in denen genau das ein Streitpunkt war. Das Ende vom Lied war meistens, dass die beiden sich aufgeteilt haben. Als Kind habe ich einfach aus dem Bauch heraus entschieden, bei wem ich mich lieber anschließe. Heute würde mich solch eine Situation in ein echtes Gefühlschaos stürzen, weil ich es zwingend beiden recht wollen machen würde. Und zwar gleichzeitig.

Da man vor Weihnachten aber eindeutig lügen darf, nicke ich auf die Frage meiner Mum und schweige, sodass sie sich ihren Teil selbst denken muss.

"Ihr Frauen seid immer so früh", wispert Dad, dann stopft er sich eine Gabel voller Kartoffeln in den Mund und kaut, damit er sich nicht erklären muss, als Mum ihn vorwurfsvoll ansieht und ironisch sagt: "Das Datum steht ja auch jedes Jahr schon ziemlich früh fest. Da kann man sich den Stress sparen und einfach schon rechtzeitig mit dem Kaufen beginnen."

Ich grinse wegen des kleinen, liebevollen Schlagabtauschs, dann verfallen wir in gemütliches Schweigen, bis jeder mit vollem Bauch nach hinten gelehnt auf dem Stuhl sitzt.

"Es war wahnsinnig lecker, Mum", sage ich und sehe, wie sie sich darüber freut.

"Die beste Köchin der Welt", stimmt Dad zu und Mum errötet. Die beiden sind so unendlich süß.

In der folgenden halben Stunde übernehmen Mum und ich das Aufräumen. Dad hat zwar mehrfach angeboten, uns dabei zu unterstützen, aber wir genießen diese Momente zu zweit sehr und sprechen in der Küche über Gott und die Welt. Ich erzähle ihr, wie es in der Werkstatt läuft, berichte ihr von der Kreuzfahrt, die Mary macht – was sie mit einem bestürzten Kopfschütteln quittiert – und von den Wutanfällen, die Kassie momentan ständig hat.

Mum erzählt unterdessen davon, dass sie mit Dad mal wieder ins Kino gehen will, nachdem sie das über fünf Jahre nicht mehr getan haben, und dass ihre beste Freundin Pauline Clarkson bald nicht mehr Clarkson, sondern Henderson heißen wird, weil sie mit 60 Jahren noch einmal heiraten möchte.

"Lass mich raten", witzele ich, "diesmal ist es wirklich der Mann fürs Leben?"

Mum lässt vor Lachen beinahe den Teller fallen, den sie in den Schrank einräumen wollte. "Ganz genau, diesmal wirklich!"

Pauline Clarkson-Schrägstrich-bald-Henderson ist wirklich eine herzensgute Frau, auch wenn sie einen mit ihren Brüsten manchmal zu erdrücken droht. Aber was ihre Ansicht gegenüber der Liebe angeht, ist sie doch sehr gewöhnungsbedürftig. Mum hat schon vor der letzten, der vorletzten und der vorvorletzten Ehe versucht, ihrer

Freundin ins Gewissen zu reden. Es klappt nie, also lässt Mum es mittlerweile sein.

"Und, gibt es bei dir etwas Neues in Sachen Männerfront?", versucht sie mir einige Momente später Neuigkeiten zu entlocken. Ich schnalze mit der Zunge. "Wenn es etwas gäbe, was du und Dad wissen müsstet, dann wüsstet ihr es."

"Du wirkst nur so angespannt. Das ist alles. Ich dachte, da wäre vielleicht was", erklärt sich meine Mutter. "Ich wollte dir damit nicht auf den Schlips treten."

"Das weiß ich. Und deine mütterliche Nase schnuppert auch in die richtige Richtung, aber", ich denke kurz nach, "es ist eher so eine Sache, die nur in Filmen funktioniert. In unrealistischen Liebesfilmen."

Mum klatscht in die Hände und macht dabei ein lautes "Ha!", als wäre sie auf einen geheimnisvollen Schatz gestoßen.

Dad fragt aus dem Wohnzimmer heraus, ob alles okay sei.

"Ja, natürlich Schatz!", schreit Mum und ich schüttele den Kopf.

Hier muss man wirklich kerngesund sein.

"Erzähl von deinem Film-Boy", fordert sie mich auf. Ich will gerade die Spülmaschine anstellen, da schaue ich sie entgeistert an. Prustend entgegne ich: "Oh Mum, solche Wörter benutzt man in deinem Alter nicht mehr."

Dann erzähle ich aber doch alles, gebe ihr – ähnlich wie Claire – die Kurzfassung von allem. Und mit jedem Satz fühlt sich mein Herz leichter an, meine Schultern weniger angespannt. Und meine Mum wirkt stattdessen immer gerührter.

"Wie vielen Leuten hast du davon schon erzählt?", will sie wissen und ihre Frage irritiert mich. Meint sie das als Vorwurf? Hätte ich damit früher auf sie zukommen sollen, wo sie doch meine engste Vertraute ist? Oder hat ihr Mutterherz schon länger gefühlt, dass da etwas im Argen liegt und nun hat sie das Gefühl, dass sie mit ihrer Hilfe zu spät kommt?

"Amanda und Claire", gebe ich knapp zu. Statt Enttäuschung zu zeigen lächelt Mum dann aber schief und sagt: "Dann werde ich dir nicht noch einmal vorkauen, dass du bei diesem Schicksal von den beiden ein bisschen Verständnis zeigen musst, oder? Es hört sich nämlich so an, als seist du schon ganz gut darin."

Seufzend schüttele ich den Kopf.

"Weil weißt du, wenn dieser Chris das Gefühl hätte, dass du nur wieder eine weitere Person bist, die aus Mitleid mit ihm nette Dinge tut, dann hätte er dir kein Geschenk gemacht. Also spare ich mir meine Ratschläge in dieser Hinsicht und gebe dir stattdessen einen anderen." Mum fasst mich an den Schultern, es fühlt sich ein bisschen wie eine unvollständige Umarmung an. "Geh raus, lebe weiter. Er wird dir schon über den Weg laufen, wenn es das Schicksal so will. Ich bin keine Esoterik-Tante, aber das, was du momentan fühlst, ist nur ein kleiner Keim. Und der wird jedes Mal, wenn ihr zwei euch seht, ein wenig mehr gegossen. Aber er muss richtig gegossen werden. Manchmal ist das Wasser vielleicht auch schon ein bisschen faulig und an anderer Stelle duftet es wie Rosen. Aber gießen musst du so oder so. Und am Ende zeigt sich, ob aus dem Keim etwas wird. Ob es blüht oder ob er verwelkt, ist dabei egal. Du wirst so oder so wissen, was du dann zu tun hast."

Aus der halben Umarmung wird eine ganze. Mum drückt mich so fest an sich, dass mir kurz die Luft wegbleibt. Und dann stehen wir einfach so in der Küche, halten uns fest, und wissen, dass die Welt um uns herum gerade untergehen könnte und wir trotzdem glücklich wären, weil wir uns haben.

-

Ich nehme mir Mums Rat zu Herzen. Ich mache einfach weiter, ungeachtet aller Befürchtungen. Also gehe ich auf den Weihnachtsmarkt. Weil ich diesen Markt liebe, weil er nur an den Weihnachtswochenenden stattfindet und weil ich, egal, wer mir hier über den Weg laufen wird, Spaß haben werde. Zwischenzeitlich habe ich tatsächlich mit dem Gedanken gespielt, nicht herzukommen, und das nur, weil ich nicht weiß, wie ich Chris Franklin gegenübertreten sollte, wenn ich ihm begegne.

Na und, denke ich, *dann gießen wir eben mit fauligem Wasser.*

Mums Ratschlag lässt mich den ganzen Weg über lächeln. Ich habe absichtlich nicht das Auto genommen. Zum einen, weil ich wahrscheinlich dem Glühwein nicht widerstehen kann und zum anderen, weil es nur wenige Fußminuten zum Kirchenvorplatz sind und ein kleiner Spaziergang meinem vollgeschlagenen Magen sicherlich guttun wird. Vielleicht hört meine Hose dann zu zwicken auf.

Ich vermute insgeheim, dass ich heute Nacht bei meinen Eltern auf der Couch übernachte, weil ich es vor Müdigkeit nicht mehr bis nach Hause schaffe. Und weil ich nicht mit Glühwein in der Blutbahn Auto fahren werde.

Schon von Weitem sehe ich die bunt geschmückten Buden um die St. Mary's Church und freue mich wie ein Kind. Der erste Weihnachtsmarktbesuch und alles passt perfekt. Schnee liegt auf den Gassen und in einigen Vorgärten ist zu der Dekoration noch der ein oder andere selbst gebaute Schneemann gekommen. Bei manchen von ihnen steckt wirklich eine Karotte als Nase im Gesicht, andere waren kreativer. Ich sehe sogar einen Schneemann mit einer Nase aus einer Zuckerstange und einem selbstgehäkelten Schal sowie zwei ausgemusterten Fellpantoffeln als Füße.

Schon bevor ich mitten im Getümmel bin, höre ich lautes Kinderlachen und leise Weihnachtsmusik aus verschiedenen Richtungen. Es ist voll auf dem Kirchenvorplatz, überall stehen Gruppen von Menschen, die in Gespräche vertieft sind, die meisten davon halten eine Tasse in den Händen. Kurz versuche ich, mich zu orientieren. Obwohl immer dieselben Buden Teil des Marktes sind, sind sie doch jedes Jahr anders geschmückt und stehen in einer anderen Reihenfolge beieinander.

Links von mir ist eine alte Dame, die schon seit vielen Jahren ihren selbst gemachten Honig verkauft, von der ich aber selten etwas kaufe, weil ich weiß, dass Dad auf den letzten Drücker einen

Teil seiner Geschenke hier kauft, und ich keinen Honig doppelt haben möchte. Aber auch ohne meine Beihilfe drängen sich die Leute in einer gewundenen Schlange vor der Bude, scherzen miteinander und diskutieren, welchen Honig sie nehmen wollen.

Direkt danach folgt Archies Stand. Er hat seine Kaffeemaschine hierhergeschafft – ich frage mich, wie er das so schnell hinbekommen hat. Das Gerät muss ungefähr eine Tonne wiegen. Außerdem hat er große Glühweinkessel, um die er glitzernde Girlanden geschwungen hat, hergeschafft. Jane wuselt zur Unterstützung hinter ihm herum, ist aber zu vertieft, um mich zu sehen. Als Archie mich erblickt winke ich, bedeute ihm aber, dass ich erst eine Runde laufen möchte, ehe ich zu ihm komme. Dass ich im Laufe meiner Weihnachtsmarktbesuche bei ihm vorbeikomme, hat mittlerweile Tradition. Ich habe schon damals, als ich offiziell noch keinen Glühwein trinken durfte, bei ihm gestanden. Und mit demonstrativ zugekniffenen Augen hat er Jane und mir jedes Mal eine bis zum Rand gefüllte Tasse Glühwein über den zerkratzten Holztisch geschoben. Heute glaube ich zwar, dass er einfach stark verdünnten Wein genommen hat, aber damals fand ich mich ziemlich cool. Ich bin froh, dass ich über die Zeit, in der man nur durch verbotene Dinge dachte, dass man cool sei, hinweg bin.

Ich setze meinen Rundgang über den Markt langsam fort, das Gedränge der Besucher wird immer kompakter und ich muss aufpassen, niemandem auf die Füße zu treten.

Der hiesige Kindergarten verkauft kleine selbst gebastelte Figuren, die ich auch von Kassie kenne, und die Angestellten des Kinos veranstalten eine kleine Tombola, bei der es als Hauptpreis eine Popcornmaschine zu gewinnen gibt.

In der Mitte des Platzes ist ein hoher Tannenbaum aufgestellt, der von der Kirchengemeinde mit viel Liebe zum Detail geschmückt wurde. Überall baumeln kleine Engel an den Ästen, kleine und große Kugeln schimmern im Schein der warmweißen Lichterkette. Unter dem übergroßen Weihnachtsbaum sind Zelte aufgebaut, damit der Schnee von den Ästen nicht mitten auf die Köpfe der glücklichen Besucher fällt. Darunter drängen sich die Leute auf Biertischgarnituren, kaum mehr ein Platz ist noch frei.

Und dann kommt es, wie es kommen muss. Ich lasse gerade meinen Blick über die lächelnden Gesichter der Weihnachtsmarktbesucher in den Zelten schweifen und schaue, ob irgendwo noch eine Lücke für mich frei ist, da treffen meine Augen auf die von Chris Franklin.

Wegschauen ist sinnlos, dafür war es zu offensichtlich, dass wir uns direkt in die Augen gesehen haben.

Verdammt.

Mir bleibt nichts anderes übrig, als ihm zaghaft zu winken. Zögerlich hebt er die Hand und bringt damit auch Jimmy dazu, sich zu mir umzudrehen. Seine Reaktion ist weniger diskret, denn er springt auf und rennt mit wedelnden Armen auf mich zu. Chris will protestieren, aber da ist sein kleiner Bruder schon längst in meine Richtung gelaufen. Er erreicht mich und schlingt seine Arme um meine Taille, als würden wir uns schon jahrelang kennen.

"Hellen", ruft er währenddessen meinen Namen aus, die Freude in seiner Stimme ist absolut echt und das berührt mich mehr, als ich zugeben möchte. Wieder wandert mein Augenpaar zu Chris, der sich das Schauspiel ruhig anschaut und schließlich eine Handbewegung macht, die bedeutet, dass ich mich zu ihnen setzen soll. Neben ihm auf der Bank ist in der Tat noch ein wenig Platz.

Geschickt eingefädelt vor dir, liebes Schicksal.

"Komm mit", drängt dann Jimmy. Obwohl mein Herz sagt, dass ich mit ihm gehen soll, muss ich wenigstens versuchen, zu widersprechen. Um mein Gewissen zu beruhigen. Um mir später nicht vorwerfen zu können, zu schnell einge-knickt zu sein.

"Ich habe noch nicht einmal was zu trinken", sage ich lapidar und der Blick, den Jimmy mir zu-wirft, ist wieder so dermaßen erwachsen, dass es mich schüttelt.

"Mein Bruder kann dir was holen", erwähnt er dann, als sei das das Selbstverständlichste der Welt.

Er hat gewonnen. Ich seufze. "Na gut." Dann werde ich von Jimmys kleiner Hand in das Zelt gezogen und stehe Sekunden später direkt schräg hinter Chris, der sich halb zu mir umdreht und mich anlächelt.

"Hey", sagt er mit belegter Stimme und ich merke, dass ihm die Situation genauso unange-nehm ist wie mir. Dass er genauso wenig weiß, wie er sich verhalten soll und dass er auch weiß, dass wir ohne Jimmys Handeln nicht nebeneinan-der in diesem Zelt sein würden. Dass wir ohne dieses Kind zu stolz, zu verkrampft und zu sehr konzentriert auf uns selbst wären.

"Setz dich", fordert er mich mit einer plötzlich auftretenden Gelassenheit auf. Die Frage danach, wie wir uns begrüßen sollen, überspringen wir damit geflissentlich, worüber ich sehr froh bin.

Jimmy sitzt auf der anderen Seite der langen Tischgarnitur, auf der LED-Kerzen in kleinen, bunten Teelichthaltern flackern. Das ist nicht wirklich romantisch, scheint aber tatsächlich die beste Lösung zu sein für einen Ort, an dem zu später Stunde viele Menschen betrunken sein werden und echte Kerzen mehr als nur ein Risiko darstellen würden.

Was mich noch mehr irritiert, als die kuriose Situation, in der wir uns befinden, ist aber, dass Jimmy gegenüber von uns den Kopf schräg legt, als würde er auf irgendwas warten. Obwohl er erst zehn Jahre alt ist, schaffe ich es nicht, seinem Blick standzuhalten, und schiele stattdessen zu Chris. Dem scheint es ähnlich zu gehen, kann aber mit seiner kumpelhaften Art wenigstens etwas sagen. "Alles klar, Jimmy?"

Die etwas rhetorische Frage scheint dem Jungen nicht zu passen, sein Ausdruck nimmt einen ärgerlichen Ausdruck an.

"Warum benehmt ihr euch immer so komisch, wenn ihr euch seht? Du bist doch zu Hause nicht so still, Chris. Und du, Hellen, lächelst normalerweise viel mehr. Wenn ich auch mal so werde, wenn ich erwachsen bin, dann will ich lieber ein Kind bleiben."

Seine kindliche Ehrlichkeit und die deutliche Beobachtung überrumpeln uns beide gleichermaßen. Chris stammelt etwas vor sich hin, das ich nicht verstehen kann. Also sage ich das Erstbeste, was mir in den Sinn kommt: "Das liegt daran, dass dein Bruder und ich uns einfach noch nicht so gut kennen."

Jimmy denkt kurz nach und erwidert dann: "Aber wenn ein neues Kind in unsere Klasse kommt, dann sind wir doch auch normal zueinander, obwohl wir uns nicht kennen."

"Eins zu null für dich, Kumpel", sagt Chris dann und hebt die Hände in die Luft, als würde er kapitulieren. Mit dem Ellenbogen stupst er mich in der Rippengegend an und ich zucke zusammen. Entgeistert schaue ich ihn an. "Wofür war das?"

"Wenn du nicht willst, dass mein Bruder uns weiter in Grund und Boden argumentiert, dann sollten wir dafür sorgen, dass wir nicht mehr so tun, als würden wir die Anwesenheit des anderen schlecht finden."

Mit diesen Worten trifft er direkt in mein Herz. Denn damit spricht er nicht nur sehr weise Worte aus, sondern bedeutet mir auch, dass er mich mag. Verschachtelt zwar, aber er hat es zugegeben.

Dass er mich mag!

In meinem Bauch tut es einen Hüpfer. Ich bin so beschäftigt damit mir meine innerlich aufkeimende Freude nicht anmerken zu lassen, dass ich nicht merke, dass mein Mund offensteht, bis Chris und Jimmy gleichermaßen zu lachen beginnen.

"Das … ist nur die Bestürzung darüber, dass ich noch nichts zum Trinken habe", versuche ich mich herauszureden.

"Wenn du keinen Glühwein willst, dann kann ich dir was holen", bietet Jimmy an.

Oh doch, literweise Glühwein, bitte!

"Punsch wäre doch gut", sagt Chris, holt zwanzig Pfund aus seinem Portemonnaie, das er in atemberaubender Geschwindigkeit aus seiner Hosentasche gezogen hat, und bevor ich überhaupt anmerken kann, dass ich sehr wohl selbst in der Lage bin, mein Getränk zu zahlen, flitzt Jimmy davon.

Unbehaglich rutsche ich auf der kühlen Holzbank hin und her. "Das war doch jetzt ein Trick, damit er uns alleine lässt, oder?", sage ich leise und merke erst, wie sehr es nach verkapptem

Flirtversuch klingt, als die Worte schon längst über meine Lippen gekommen sind.

"Wäre das denn das, was du dir wünschst?", kommt es keck zurück. Chris' linker Mundwinkel ist zu einem schiefen Grinsen nach oben gezogen.

Ich gebe einen Laut von mir, der so klingt, als müsse ich erst lange darüber nachdenken. "Es ist vielleicht nicht mein größter Wunsch, aber ja."

Chris merkt, dass meine Worte nicht ganz ernst gemeint sind und dass ich versuche, die Situation mit ein bisschen Humor zu würzen und sie so vielleicht auf eine Stufe zu bringen, die ein bisschen ferner von der harten Realität ist. Ich will, dass die beiden diesen Abend einfach genießen können, als wäre alles normal.

"Das ehrt mich sehr", spielt er das Spielchen mit, wird schließlich aber doch wieder ein wenig ernster. "Bist du alleine hergekommen?"

"Ja. Ich war bei meinen Eltern zum Abendessen und wollte noch einmal herkommen, also habe ich mich abgeseilt. Aber Mum und Dad liegen jetzt sowieso im Fresskoma, weil meine Mutter denkt, dass man unbedingt zehn Kilo Braten braucht, um drei Leute satt zu bekommen, also ist das alles nicht so wild."

Chris' Augen glitzern auf, als ich von meinen Eltern erzähle.

Mist. Bist du eigentlich völlig bescheuert, Hellen?

"Oh man, sorry. Das war irgendwie blöd von mir", entschuldige ich mich und schlage die Hand vor den Mund. Neben mir schüttelt Chris leicht den Kopf, dann greift er in einer vollkommen unvorhergesehenen Geste nach meinem Handgelenk, führt es in einer sanften Bewegung von meinem Gesicht weg und sorgt so dafür, dass ich meinen erschrockenen Ausdruck loswerde. "Warum sollte das blöd sein? Nur, weil du mein Schicksal kennst, heißt das doch nicht, dass du nicht von deinen Eltern erzählen darfst."

Unsere Hände liegen plötzlich halb ineinander verschränkt zwischen uns. Mein Oberkörper ist ein wenig zu ihm gedreht und für einige Sekunden schauen wir uns in die Augen. Die Berührung hat etwas Magisches an sich. Ich frage mich, ob es ihm auch so geht, dass er alles um uns herum plötzlich nur noch gedämpft wahrnimmt. Ob auch in seinen Ohren alle Töne plötzlich klingen, als würden sie durch eine dicke Schicht aus Watte an ihn dringen. Und ob auch sein Herz plötzlich doppelt so schnell in der Brust hämmert.

Chris' braune Augen ruhen auf mir, sein Mund steht wenige Millimeter weit offen, als würde er die Szene selbst nicht richtig wahrhaben können.

"Zwanzig Pfund waren viel zu viel für drei Mal Punsch. Ich habe mir noch Süßigkeiten gekauft."

Wir erschrecken synchron und ich drehe meinen Kopf so ruckartig zu Jimmy hinüber, dass es in meinem Nacken laut kackst und ich vor Schmerzen aufstöhne.

Niemand kann mir erzählen, dass dieser kleine Mann nicht mitbekommen hat, dass sein Bruder und ich händchenhaltend hier herumgesessen und uns *angeschmachtet* haben.

"Hellen war gerade dabei, von den lustigsten Adventsabendessen bei ihren Eltern zu erzählen", improvisiert Chris.

Gar nicht wahr, sagt mein Blick. "Oh ja, erzähl weiter", ruft Jimmy.

Also erzähle ich und obwohl die Situation sehr spontan ist, fällt es mir nicht schwer. Ich spreche lange und muss nicht einmal beginnen zu lügen, um meine Geschichten auszuschmücken. Ich erzähle zum Beispiel von dem Weihnachten, an dem unsere damalige Katze Tiny auf den Baum geklettert ist und wir sie Ewigkeiten gesucht haben, ehe uns aufgefallen ist, dass sie in der Baumkrone sitzt und uns beobachtet. Ich erzähle von dem Soßen-Unfall meiner Mum an einem Adventsabend, bei dem sie Zucker und Salz verwechselt hat und davon, wie meine Mum und mein Dad sich vor einigen Jahren genau das gleiche Paar Socken geschenkt haben. Dabei merke ich mit Zuversicht, dass die beiden Jungs mir genauestens zuhören. Dass sie förmlich an meinen Lippen hängen und mich nicht dazu kommen lassen, meinen Punsch zu trinken. Obwohl meine Stimme irgendwann zu krächzen beginnt und es zunehmend schwerer fällt, gegen die Lautstärke in dem kleinen Zelt anzukommen, kann und will ich mit meinen Erzählungen nicht aufhören. Beinahe habe ich das Gefühl, dass ein Stück Normalität auf meine beiden Zuhörer abfärbt. Erst, als mein Punsch schon ganz kalt ist, halte ich inne.

"Das sind tolle Geschichten", schließt Jimmy. Ein Gähnen überkommt ihn.

"Ich erinnere mich an ähnliche Abende bei meinen Eltern", sagt Chris dann leise und schaut auf den Boden. Er wirkt allerdings nicht traurig, sondern eher auf eine glückliche Weise andächtig. "Das ist das Schöne an Weihnachten. Man weiß plötzlich, wohin man gehört, selbst wenn man vorher dachte, dass man es vergessen hätte. So ein gemütlicher Tag, an dem alle zusammenkommen. Eigentlich sollte jeder so etwas haben."

"Wir haben das doch auch", argumentiert Jimmy und greift über den Tisch nach der Hand seines Bruders. "Wir haben vielleicht Mami und Papi nicht mehr dabei, aber wir haben doch uns."

"Und mein größter Weihnachtswunsch ist es, dass wir immer zusammenbleiben. Okay, Kumpel?"

In meinen Augen brennen Tränen. Ich bin fürchterlich ergriffen von dieser Situation, von den Brüdern, die sich dankbar anlächeln.

"Meiner auch, selber Kumpel", antwortet Jimmy.

In diesem Moment wird mir klar, wie sehr ich die beiden in mein Herz geschlossen habe.

Und dass ich nie wieder zwei so tapferen, starken Menschen begegnen werde.

-

Jimmy überredet uns sehr kunstvoll, dass wir nicht noch einen Punsch trinken, sondern mit ihm zum Karussell gehen. Wir widersprechen ihm nicht einmal, sondern leeren rasch unsere Tassen und machen dann Platz für die nächsten Leute, die schon in einer Traube am Zelteingang stehen und warten, dass eine Lücke frei wird, in die sie sich setzen können. Mir war nicht einmal bewusst, dass es ein Fahrgeschäft gibt, aber der Junge führt uns zielstrebig zu einem großen

Kettenkarussell, das die letzten Jahre eindeutig noch nicht hier war. Chris kauft ihm gleich drei Fahrchips und Jimmy stellt sich gesittet in eine Reihe anderer Kinder, die ebenfalls ehrfürchtig und mit schimmernden Augen warten. Und wie es bei Kindern so häufig der Fall ist, findet er schnell einen gleichaltrigen Jungen, mit dem er sich unterhalten kann.

Ich stehe mit Chris in einiger Entfernung und wir schauen uns das Schauspiel schweigend an. Schlagartig wird mir bewusst, wie sehr wir nach einer Familie aussehen müssen. Zwar ist Jimmy eigentlich zu alt, um unser Sohn zu sein, aber wer von den Außenstehenden weiß schon, welches Alter jeder Einzelne von uns hat? Röte schießt mir ins Gesicht, allein beim Gedanken daran, wie wir wirken. Ich steigere mich immer weiter hinein, bis ich denke, dass ich innerlich platzen muss vor unausgeführten Gedankengängen.

Ich blicke zu Chris, was die ganze Sache nicht unbedingt besser macht. Sein senfgelber Pullover schaut unter seiner Winterjacke hervor. Er wirkt trotz der vielen Lagen Kleidung noch immer muskulös und ist ein Stück größer als ich. Seine dunklen Haare werden von den bunten Lichtern des Kettenkarussells beschienen und in Verbindung mit dem glücklichen Ausdruck in seinen definierten Gesichtszügen wirkt der Anblick wie die pure Freude.

"Danke, Chris", kommt es aus meinem Mund. Meine Worte lenken seine Aufmerksamkeit auf mich. Irritiert, aber interessiert schaut er mich an. "Für was bedankst du dich?"

"Oh, da fallen mir auf Anhieb ziemlich viele Dinge ein", sage ich und entgegen all meiner Charaktereigenschaften stelle ich mich einen Schritt näher an ihn heran.

Wenn nicht jetzt, dann nie.

"Zum Beispiel dafür, dass du mir einen Weihnachtsstern geschenkt hast", ergänze ich. "Und dafür, dass du aufgehört hast, dich vor mir zu verschließen."

Ist es nur das Licht, oder errötet auch Chris?

"Das mit dem Weihnachtsstern war längst überfällig. Und was das andere angeht", er stockt kurz und fährt dann etwas leiser fort, "dagegen habe ich mich lange genug gesträubt, bis ich endlich eingesehen habe, dass das ziemlicher Schwachsinn ist."

"Schwachsinn?", hauche ich.

"Ja. Du hast mich schon in der ersten Sekunde unserer ersten Begegnung durchschaut. Du hast meine Sturheit geknackt und dann hast du auch noch diese Art an dir, der man bloß verfallen kann. Und du bist hübsch. So unglaublich hübsch."

Chris dreht sich zu mir. Über unseren Köpfen kreisen die kleinen Gondeln des Karussells, leise Weihnachtsmusik umschwirrt unsere Köpfe. Unsere Augen verlieren sich ineinander. Chris Franklin, dieser mürrische Mann, von dem ich niemals dachte, dass er richtig glücklich aussehen kann, greift nach meinen Händen. Und mit einem Mal habe ich das Gefühl, dass wir eins sind.

"Ich glaube, ich habe noch einen anderen Weihnachtswunsch", flüstert Chris und ich kann ihn über die Musik hinweg kaum richtig verstehen. Ein Kloß im Hals hindert mich daran, zu antworten, aber er spricht auch ohne meine Aufforderung weiter.

"Ich möchte, dass du mir die Chance gibst, dir zu beweisen, dass ich mehr bin als der verschlossene Kerl mit der schweren Vergangenheit." Er küsst mich sanft auf die Stirn. In mir prickelt es.

Als ich wieder klar denken kann, sage ich: "Den Wunsch erfülle ich dir gerne auch schon vor Weihnachten."

Während der drei Runden Karussellfahrt stehen Chris und ich Hand in Hand dort und schauen Jimmy zu. Der Kleine tut zwar so, als hätte er nicht mitbekommen, was tief unter ihm läuft, aber der verstohlene Blick, den er uns immer dann, wenn er mit seiner Gondel an uns vorbeikommt, zuwirft, spricht Bände.

Er ist vielleicht nicht zu jung, um nicht zu verstehen, was zwischen mir und seinem Bruder los ist, aber er kann mit seinen Gesichtsausdrücken noch nicht so gut umgehen, wie Erwachsene es können. Große Kinderaugen starren mich begeistert an – und das liegt nicht nur an dem Spaß, den ihm das Karussell bereiten muss.

Nach einer knappen Viertelstunde taumelt Jimmy glückselig zu uns. Ich erwarte fest, dass Chris meine Hand loslässt, aber so ist es nicht. Er verhält sich, als wäre es das Normalste der Welt, mit mir auf dem Weihnachtsmarkt zu stehen, Hand in Hand, mit gleichzeitig schlagenden Herzen.

"Noch einen Punsch?", fragt er an Jimmy gewandt.

Wenn ich dachte, Jimmy könnte kaum glücklicher aussehen, dann habe ich mich getäuscht. "Oh ja!", ruft er.

Diesmal brauche ich allerdings wirklich einen Glühwein.

-

Weil das Zelt voll ist, stellen wir uns an einen der Stehtische, die Archie neben seiner Bude platziert hat. Immer wieder werfe ich Chris verstohlene Blicke zu und kann kaum glauben, dass wir wirklich gemeinsam hier stehen. Dass dieser Abend so … normal ist. Und wunderschön.

"Hey, Süße", tönt es irgendwann hinter mir und ich drehe mich abrupt um. Claire steht hinter mir. Neben ihr ist Bennett mit Kassie an der Hand. Schüchtern winke ich den beiden zu. Ich bin mir unsicher, was Chris davon hält, dass andere Leute zu uns stoßen und befürchte, dass er sich in deren Anwesenheit möglicherweise wieder verschließen könnte. Im Gesicht meiner Chefin stehen Hunderte unbeantwortete Fragen.

Wir umarmen uns freundschaftlich, dann wendet sie sich an Chris. "Und du bist?"

Er streckt ihr die Hand hin. "Chris"

"Oh", sagt meine Freundin und Verständnis blitzt in ihren Augen auf. "Ich bin Claire."

"Claire wie in Claire's Werkzeugkasten?"

"Genau die. Ich wusste doch, dass dieser Name Wiedererkennungswert hat." Zur Bestätigung stemmt sie die Hände in die Hüften und blickt abwechselnd von mir zu Bennett. Ja, ich verstehe ihren stummen Vorwurf. Tatsächlich haben wir ihr am Anfang eher zu diesem Namen abgeraten.

Als ich bei Claire angefangen habe, hieß die Werkstatt nur ‚Claire's'. Das hat meiner Chefin aber irgendwann nicht mehr gefallen. Und Tatsache: Der neue Name passt um einiges besser.

Chris lacht und wirft damit all meine Befürchtungen über den Haufen. "Das kann man nicht abstreiten."

Dann stellt er sich auch Bennett und der kleinen Kassie vor und Jimmy, der still beobachtend neben uns stand, taut ebenfalls auf. Ich beneide die Kinder einmal mehr um ihre unkomplizierte Art, als sie wenig später bereits zusammen spielen und um den Stehtisch rennen, als wären sie schon jahrelang beste Freunde. Und das trotz des beachtlichen Altersunterschiedes. Beide werfen zwischenzeitlich immer wieder Blicke zu uns, aber wir vertiefen uns ziemlich rasch in einem Gespräch. Selbst Bennett, der sonst immer so in sich gekehrt wirkt, ist nach dem zweiten Glühwein wie ausgewechselt. Wir lachen viel, reden über Belanglosigkeiten. Es fühlt sich an wie ein schöner Abend unter Freunden. Und es fühlt sich nicht nur so an, es *ist* ein schöner Abend unter sehr guten Freunden.

Ich bin unendlich glücklich. Und als ich zum ungefähr hundertsten Mal ein Blick zu Chris

werfe, werde ich auf einen Schlag noch ein bisschen glücklicher.

Sieben

War ein toller Abend. Ich hoffe, der letzte Glühwein
war nicht schlecht. Aber deine Mum hat bestimmt eine
gute Hausapotheke. ;-) Hab einen schönen Sonntag!

Chris' Nachricht ist zwei Stunden, bevor ich
auf der Couch im Wohnzimmer meiner Eltern
aufgewacht bin, angekommen. Ich höre meine
Mum mit leisen Handgriffen an der Kaffeemaschine hantieren, langsam kommt in der Wohnung Betriebsamkeit auf.

Die Uhrzeit auf meinem Handy ist viel zu hell
in meinen vor Müdigkeit schmerzenden Augen.
9:44 Uhr morgens. Am Sonntag.

Ich habe auch schon einmal länger geschlafen.

Kurz bleibe ich regungslos liegen und horche
in mich hinein. Atme tief ein und langsam wieder
aus.

Keine Kopfschmerzen, nur noch etwas müde.
Der Kaffeeduft, der wenige Momente später aus
der Küche heraus ins Wohnzimmer kriecht, bes-
sert meine Laune augenblicklich. Und dann wandern meine Gedanken zurück zu gestern Abend
und an die Nachricht, die Chris mir geschickt hat.

Moment. Woher hat er eigentlich meine Handynummer?

Ich setze mich auf, da fällt es mir wie Schuppen von den Augen.

Klar, du hast ihn doch über dein privates Handy angerufen, als du ihm erklärt hast, dass sein Auto noch nicht fertig ist.

Seine Nachricht freut mich und grinsend sitze ich auf der Couch. Die dünne Decke, die ich mir in der Nacht geschnappt habe, befindet sich zusammengeknüllt auf dem Boden und jetzt, wo ich nicht mehr liege, machen sich leichte Rückenschmerzen bemerkbar. Mein Handy zeigt nur noch zehn Prozent Akku an und ich beschließe, Chris' Nummer einzuspeichern, ihm schnell noch zu antworten und dann meiner Mum in die Küche zu folgen, um auch mir einen wohlverdienten Kaffee zu holen.

War ein sehr schöner Abend. Kopfschmerzen halten sich in Grenzen, Mums Kaffee wird reichen. ;-)

Auf leisen Sohlen schleiche ich zur Küche. Dort sitzen Mum und Dad am Küchentisch, mein Vater mit einer Zeitung und einem Marmeladenbrot vor der Nase und meine Mum in ihr Handy vertieft. Seitdem sie das Teil hat, hat sie sich alle möglichen Social Media Konten zugelegt und obwohl sie noch nie selbst etwas hochgeladen hat, weiß sie immer ziemlich genau Bescheid. Und seitdem sie entdeckt hat, wie viele unzählige Menschen Buchtipps auf Instagram geben, gibt sie jede Woche eine Sammelbestellung in der Buchhandlung von Rye auf.

"Guten Morgen", sage ich mit rauer Stimme und räuspere mich, um dagegen anzukämpfen.

Dad dreht sich erstaunt um. "Bist ja schon wach."

"Wach würde ich es vielleicht nicht gerade nennen", antworte ich monoton. Dann gebe ich meinen Eltern einen Kuss auf die Wange und schleiche zur Kaffeemaschine.

"Hattest du einen schönen Abend?", will Mum neugierig wissen.

"Ja", gebe ich zurück, während ich meine Tasse mit Milch aus dem Kühlschrank auffülle. "War ein sehr schöner Abend. Claire, Bennett und Kassie waren da. Und ich habe Chris getroffen."

Den letzten Teilsatz habe ich vor allem in Richtung meiner Mum gesprochen, auf deren Gesicht sich dann sofort ein heiterer Ausdruck legt, der alles und nichts bedeuten kann. Dad hingegen scheint zu merken, dass das ein Thema unter uns

Frauen ist, grunzt etwas Unverständliches, und widmet sich wieder seiner Zeitung.

Ich weiß, dass seine Reaktion keinesfalls bedeutet, dass er sich nicht für mich oder das, was in meinem Leben passiert, interessiert. Aber er hat einfach gelernt, wann es für ihn selbst besser ist, nur noch stumm zuzuhören. Und der Blick zwischen meiner Mum und mir hat ihm eindeutig verraten, dass wir schon ein Komplott geschmiedet haben, das nur zwischen Mutter und Tochter funktionieren kann.

Ich suche nach einem Löffel und stelle fest, dass ich dafür erst die Spülmaschine ausräumen muss. Genervt stöhne ich auf. "Bin ich eine schlechte Tochter, wenn ich zwar merke, dass die Spülmaschine ausgeräumt werden muss, es dann aber nicht mache?"

"Wenn du dafür nachher den Müll mitnimmst, wenn du nach Hause fährst, sei es dir verziehen", zwinkert Dad mir von irgendwo hinter seiner Zeitung zu.

"Abgemacht", sage ich und nehme mir bloß einen Löffel aus dem Besteckfach. Dann geselle ich mich zu meinen Eltern und starre eine Weile in meinen Kaffee.

"Ist er das?" Meine Mum hält mir ihr Handy unter die Nase. Und tatsächlich: Abgebildet ist

das Instagram-Profil von Chris. Auf seinem Pro-
filbild lächeln Jimmy und er in die Kamera, Chris'
Augen glitzern.

Er sieht unverschämt gut aus.

Die restlichen Bilder sind ähnlich. Meistens
sind Jimmy und er darauf zu sehen, manchmal
hat er einen Schnappschuss aus Rye eingestellt.
Und das erste Bild zeigt ihn in jungen Jahren mit
seinen Eltern. Ein modernes Familienalbum, das
er mit der Welt teilt. Die Bilder gehen mir unter
die Haut.

Dad kann seine Neugier kaum verbergen und
schaut zu uns hinüber. Von seinem Platz aus
kann er jedoch unmöglich einen Blick auf Mums
Handy erhaschen.

Damit ich nicht antworten muss, trinke ich einen Schluck Kaffee. Als ich dann jedoch sehe,
dass Mum auf ‚Folgen' drückt, verschlucke ich
mich.

"Das hast du jetzt nicht wirklich getan, oder?",
frage ich entgeistert, meine Augen weit aufgeris-
sen.

"Spricht doch nichts dagegen", zwitschert
meine Mutter und scrollt dann weiter auf ihrem
Handy, als wäre nichts gewesen. Ich springe auf
und gehe zurück ins Wohnzimmer, um mein
Handy zu holen. Ich habe den Drang, Chris

vorzuwarnen wegen der peinlichen Instagram-Aktivitäten meiner Mum.

Als ich auf mein Display schaue, stöhne ich auf.

Oh nein.

Es ist bereits eine neue Nachricht eingetrudelt.

Chris: *Deine Mum folgt mir und du nicht? Ich bin zutiefst verletzt!*

Um Gottes willen, ist das unangenehm. Dennoch muss ich schmunzeln. Kurzerhand öffne ich Instagram und tue es meiner Mutter nach.

Zufrieden?

Chris ist die ganze Zeit online, daher kommt seine Antwort schnell.

Chris: *Ich weiß nicht. Ich bin ein sehr nachtragender Mensch.*

Für eine Sekunde denke ich daran, dass ich vor nicht allzu langer Zeit einen ähnlichen Satz zu ihm gesagt habe, es aber nicht ernst gemeint habe. Rasch und gespielt reumütig antworte ich.

Wie kann ich meinen unverzeihlichen Fehler jemals wieder ausbügeln?

Chris: Moment, ich muss mich kurz mit Jimmy beratschlagen.

Ungeduldig starre ich auf mein Handy, unsicher, ob er seine geschriebenen Worte ernst meint oder nur blufft. Dann meckert es, dass es gerne aufgeladen werden würde. Panisch suche ich nach einem Ladekabel und finde nur das meiner Eltern, also ziehe ich es aus der Steckdose und nehme es mit in die Küche. Mein Kaffee muss ja nicht gänzlich kalt werden. Wie besessen starre ich weiter auf das Display. Chris schreibt und schreibt und ich stoße mir den kleinen Fußzeh am Türrahmen an, als ich zurück in die Küche komme. Dort nehme ich die Steckdose an der Küchenzeile in Beschlag, schließe mein Handy an und schnappe mir meinen Kaffee, während meine Eltern mein Schauspiel still genießen. Mein Fußzeh pocht unangenehm, aber ich nehme es nur am Rande wahr, denn endlich piepst das Gerät in meinen Händen.

Chris: *Wenn du heute Nachmittag zum Plätzchenbacken vorbeikommst, dann sind wir nicht mehr sauer.*

Meine Wangen röten sich. Soll das eine Einladung zu einer Art … Date sein? Lange muss ich allerdings nicht überlegen.

Mache ich! Wann und wo?

Chris schickt mir seine Adresse und fragt mich, wann es mir passt. Ein erneuter Blick auf die Uhr, mittlerweile ist es kurz nach zehn.

Ich kann in zwei Stunden da sein?

Als Antwort bekomme ich zwei in die Höhe gereckte Daumen.

-

Die Sonne glitzert über Rye und lässt den Schnee langsam schmelzen. Was zurückbleibt, sind Pfützen und graue Matschhäufchen, die in mir den Wunsch nach neuem Schnee auslösen. Einzig die in den Vorgärten stehenden Schneemänner sind noch übrig und halten sich trotz des Tauwetters wacker.

Weil in Rye nichts wirklich weit voneinander entfernt ist, lasse ich das Auto abermals bei meinen Eltern stehen und laufe. Ich habe das Gefühl, dass die frische Luft meinen Kopf ein wenig freibekommen wird. Zu viele Gedanken prasseln dort aufeinander ein und ich kann sie nur schwer sortieren. Dabei ist eigentlich alles ziemlich offensichtlich.

Ich gehe gerade zu Chris Franklin nach Hause. Um *Plätzchen* zu backen. Ich schüttele den Kopf vor Unglauben. Wer hätte noch vor einigen Tagen gedacht, dass das möglich ist? Dass wir beide uns in einem Raum aufhalten werden, ohne dass er mir an die Gurgel geht?

Es fühlt sich ungewohnt, aber richtig an. Meine Aufregung steigt dennoch mit jedem Meter, den ich zurücklege und Chris' Wohnung näherkomme.

Als ich schließlich in Sichtweite bin, merke ich, dass ich mit *Wohnung* falsch lag. Haus trifft es auch nicht. Es ist eher eine Villa.

Der Mund steht offen.

Wow.

Ein Vorgarten mit Rosensträuchern und einem Weg aus dunklen Steinen führt zu einer breiten Eingangstür. Ich stehe davor, vergewissere mich am Briefkasten, ob das auch wirklich die richtige Adresse ist. Aber ja. Dort, in geschwungenen Lettern, steht der Name Franklin eindeutig geschrieben und lässt keinen Zweifel offen. Ich bin richtig.

Die Sonne reflektiert sich in zahllosen Fenstern und ein zu dieser Jahreszeit kahler Apfelbaum steht ein paar Meter von mir entfernt. Ich sauge den Anblick für ein paar Momente in mich auf, ehe ich mich bereit fühle, den Klingelknopf zu betätigen. Eine Ecke des Hauses ist mit Efeu überwuchert, der auch nun noch leuchtend grün ist und perfekt zu der alten Fassade des Gebäudes passt. Auch dieses Haus reiht sich in seiner altertümlichen Schönheit perfekt in die Straßen Ryes ein, ist mit seinem Fachwerkhaus-Stil zwar nicht modern, aber zeitlos schön. Dieses Haus muss jedoch das einzige Gebäude in ganz Rye sein, das nicht mit Weihnachtsdeko vollbehangen ist.

Meine Hand wandert zur Klingel, ehe ich mich noch mit offenem Mund in meinem eigenen Staunen verliere. Ich höre den sanften Ton bis hierher, kurz darauf vernehme ich Schritte und die Tür vor mir wird geöffnet.

Chris steht zwischen den Türrahmen. Seine markanten Gesichtszüge, von denen ich eigentlich dachte, dass ich sie mittlerweile eingehend genug studiert haben muss, lassen mich zum ungefähr hundertsten Mal staunen. Er hat etwas an sich, von dem ich bei unserer ersten Begegnung dachte, dass es mir nicht gefällt. Das, was ich damals in der Werkstatt gesehen habe, war aber nicht er selbst, sondern die traurige Aura um ihn herum.

Wie zum Teufel habe ich damals noch felsenfest behaupten können, dass er überhaupt nicht mein Typ ist?

"Komm rein", sagt er mit belegter Stimme. Er muss gemerkt haben, dass ich ihn angestarrt habe.

Peinlich.

Ich tue, um was er mich gebeten hat, und staune noch ein klitzekleines bisschen mehr. Es ist unglaublich gemütlich hier drin und noch viel schöner als von außen betrachtet. Es duftet nach Vanille und Männerparfüm.

Der Flur, in dem wir uns befinden, scheint der Mittelpunkt des Hauses zu sein. Rechts von mir geht eine gewundene Treppe nach oben in den zweiten Stock und vier verschiedene Türen führen in angrenzende Räume. Vier Räume allein im Erdgeschoss. Davon kann ich mit meiner mickrigen Wohnung nur träumen.

"Die Küche ist hier direkt links", sagt Chris und zeigt mit seiner Hand den Weg. Am liebsten würde ich vorschlagen, dass Jimmy und er schon einmal mit dem Teig anfangen und ich mich derweil ein wenig im Haus umsehe, aber dann fällt mir ein, weswegen ich eigentlich hier bin. Und dass jede Minute mit Chris viel besser als alles andere ist.

"Schön habt ihr es hier", kommentiere ich dennoch, weil ich das Gefühl habe, dass ich es einfach loswerden muss. Der dunkel gestreifte Teppich unter mir dämpft meine Schritte, als ich mich ein kleines Stück in den Flur hinein bewege. "Soll ich meine Schuhe hier ausziehen?" Ich sehe nirgends einen Schuhschrank oder gar einen Haufen mit Schuhen wie bei mir.

"Du kannst sie auch anbehalten, aber das ist etwas unbequem glaube ich", schlägt Chris vor, dann wendet er den Blick in Richtung Treppe und ruft nach seinem Bruder. "Jimmy? Hellen ist hier. Kannst du ihr ein Paar dicke Socken mitbringen?"

"Das ist nicht nötig", sage ich leise. "Ich will euch keine Umstände machen."

"Und ich will nicht, dass du kalte Füße bekommst", murmelt Chris. Wir schauen uns an und merken zeitgleich, dass seine Worte eine doppelte Bedeutung haben, wenn man sie richtig auslegt.

"Das werde ich nicht." Ich weiß nicht, warum ich flüstere. Wahrscheinlich habe ich Angst, die knisternde Stimmung zwischen uns mit zu lauten Worten zu zerstören. Glücklicherweise kommt Jimmy in diesem Moment mit hörbaren Schritten die Holztreppe heruntergepoltert. Mit einem Schmunzeln frage ich mich, das wievielte Mal er uns nun schon in diesen eindeutig sehr romantik-beladenen Situationen unterbrochen hat.

"Weil du so ein Fan von Weihnachten bist, habe ich extra nach Weihnachtssocken gesucht", verkündet Jimmy stolz und hält mir ein zusam-mengeknautschtes Knäuel hin. Ich nehme es fei-erlich entgegen, bedanke mich und falte die So-cken auseinander. Zwei Rentiergesichter strahlen mich auf dunkelblauem Hintergrund an, die Un-terseite der Socken ist mit Gummisternen ge-schmückt, damit man nicht ausrutscht. "Die sind wirklich schick", kommentiere ich Jimmys Wahl, streife meine Schuhe von den Füßen und ziehe die dicken Socken umständlich an. Dabei muss ich aufpassen, nicht das Gleichgewicht zu verlie-ren.

"Wir hätten auch einen Stuhl", sagt Chris belus-tigt und ich schnaube leise.

"Das sagst du mir jetzt, wo ich es geschafft habe? Bist ja ein toller Gastgeber."

"Sorry", lacht er und hebt zur Verteidigung die Hände in die Luft. Die Geste kommt mir seltsam

vertraut vor. Jimmy kommentiert unser Geplän-
kel mit einem lauten Kinderlachen, bei dem mir
das Herz aufgeht.

Wir verschwinden zu dritt in der Küche. In der
Traumküche, um genau zu sein. Schränke aus
dunklem Holz und rostroten Türen und Schub-
kästen passen sich perfekt an kleine Dekorationen
an. Auf dem Esstisch steht eine Topfpflanze, eine
Obstschale auf der Anrichte setzt ein paar farbli-
che Akzente. Ein Espressokännchen ist in die
Mitte des Herdes gerückt worden, daneben
thront ein massiver, hölzerner Messerblock. Und
ich sehe auch, dass Chris und Jimmy alle Utensi-
lien für die Plätzchen bereitgestellt haben. Die
Zutaten stehen in Reih und Glied auf der Arbeits-
platte, eine Küchenmaschine ist bereits an den
Strom angeschlossen und auf dem großen Tisch
in der Mitte des Raumen liegen Backbleche bereit.

"Ihr seid ja richtige Profis", kommentiere ich
staunend und mache ein paar Schritte in die Küche hinein.

Jimmy scheint mächtig stolz zu sein bei meinem Kompliment und strahlt über beide Ohren.
Dann macht er es sich zur Aufgabe, mir die Küche zu zeigen. Er kramt aus einer Schublade neben dem Herd drei Schürzen heraus, reicht seinem Bruder die eine und hält unschlüssig die

beiden anderen in die Höhe. "Ich habe zwei",
kommentiert er dann. "Welche magst du haben?"

Zwar bezweifle ich, dass ich in eine so kleine
Schürze wirklich hineinpasse, aber ich spiele das
Spiel mit.

"Lass mich überlegen", sage ich. Dann hebe ich
meinen Fuß umständlich in die Höhe. "Ich will
die, die am besten zu meinen coolen Socken
passt."

Jimmy hält den Stoff an meinen wackeligen
Fuß, um die Farben zu vergleichen, und ein ernster Ausdruck verleiht seinem Gesicht eine Aura,
die mich schmunzeln lässt. Schon wieder. Es
scheint ein sehr amüsanter Nachmittag zu werden.

"Dann empfehle ich dir die blaue Schürze."

Chris kichert – er *kichert* wirklich – hinter mir.
Und einen Augenblick später weiß ich, warum. In
dieser Familie scheint man auf Kleidung mit Tier-
gesichtern zu stehen.

Auf der Schürze ist ein breit grinsendes und
sabberndes Mopsgesicht. Ein Lachanfall schüttelt
mich. "Na dann!"

Die Schürze passt mir mehr schlecht als recht,
aber es ist in Ordnung. Ich fühle mich unglaublich lächerlich, wie ich in einer zu kleinen Mops-
schürze neben diesem attraktiven Mann in einer

so schön designten Küche stehe, aber peinlich ist es mir nicht. Chris scheint sich zu weigern, seine eigene Schürze anzuziehen, obwohl Jimmy ihn dazu drängt. Verschwörerisch werfe ich dem Jungen einen Blick zu. "Dann hat er Pech gehabt, wenn wir gleich eine Mehlschlacht machen. Ohne Schürze wird alles dreckig und dann wünscht er sich, dass er auf seinen schlauen Bruder gehört hätte."

"Mehlschlacht sagst du?"

In der nächsten Sekunde trifft mich ein staubiger Mehlklumpen am Rücken, den ich nicht habe kommen sehen, weil ich so naiv war und mich Chris abgewandt habe. Jimmy scheint nicht zu wissen, ob er lachen oder bestürzt sein soll, dann aber trifft auch ihn Mehl mitten auf der Brust.

Hätte jemand in diesem Moment von draußen durch das Fenster geschaut, dann hätte dieser Jemand uns für völlig bekloppt gehalten. Wir werfen uns mit einer ganzen Packung Mehl ab, bis wir von Kopf bis Fuß in weißem Staub überzogen sind und lachen uns dabei die Seele aus dem Leib. Als ich schließlich schon Schmerzen im Magen habe, muss ich mich auf einen der Küchenstühle setzen und halte mir den Bauch.

"Kumpel, lass der Dame ein paar Minuten, um wieder zu Atem zu kommen. Wir räumen hier so lange auf", fordert Chris dann seinen Bruder auf, nachdem die beiden mich eine Zeit lang beobachtet haben. Gerade will ich widersprechen und sagen, dass ich den beiden helfen werde, da sind sie schon aus der Küche hinaus und holen Lappen und einen Eimer.

"Magst du duschen gehen?" Chris steckt seinen Kopf durch die Tür. Das Angebot klingt verlockend bei dem vielen Mehl in meinem Haar, aber ich lehne ab. "Quatsch, wir backen doch noch. Da saue ich mich bestimmt noch einmal ein."

Und das tue ich tatsächlich. Es dauert zwei knappe Stunden, bis wir fünf Bleche Plätzchen produziert haben und die Schürze hilft nur bedingt gegen Flecken, Krümel, und viel mehr Mehl auf Haut und Haaren, aber es lohnt sich. Köstlicher Duft wirbelt durch die Luft und wir drei sehen erschöpft, aber glücklich von unserer Aktion aus.

Natürlich naschen wir zwischendrin immer wieder und irgendwann schmerzt mein Bauch nicht nur wegen des vielen Lachens.

Es ist ein unbeschwerter Nachmittag. Und Chris und ich werfen uns nicht nur immer wieder heimliche Blicke zu, wir scheinen uns auch ständig wie zufällig zu berühren.

Nicht, dass mir das etwas ausmachen würde.

Als auch das letzte Blech abgekühlt ist und Jimmy die Plätzchen mit großer Präzision in Keksdosen verpackt hat, lässt er sich erschöpft auf einen der Stühle fallen. "Ich bin müde", sagt er. Und so sieht er tatsächlich aus.

"Dann zieh dich um, husch unter die Dusche und dann kannst du dich kurz hinlegen. Ich wecke dich in zwei Stunden, okay Kumpel?" Dabei wuschelt er Jimmy durch die Haare, wie ich es auch so gerne mache. Dabei wirbelt eine Mehlwolke auf. Jimmy sieht unentschlossen aus, als würde er eigentlich lieber dem Drang, kurz zu schlafen, widerstehen, und lieber Zeit mit uns verbringen. Innerlich freue ich mich aber darauf, mit Chris alleine zu sein.

"Wir können ja neue Plätzchen machen, wenn diese hier leer sind", verspreche ich.

"Oder wir gehen mit den beiden Rottweilern spazieren", strahlt er.

"Das wäre auch eine Idee."

Chris' Gesicht zeigt Hunderte Fragen. Ich beschließe, ihm die Geschichte später zu erzählen. Wenn es denn ein Später gibt. Oder wird er mich gleich freundlich nach Hause schicken?

Jimmy springt, beflügelt von meinem Vorschlag, auf und nimmt mich fest in den Arm. "Hat Spaß gemacht, Hellen. Das werden die besten

Chrimmy-Plätzchen der Welt. Wobei, das stimmt ja jetzt nicht mehr." Unentschlossen schaut er mich an und scheint fokussiert zu überlegen, wie man unsere Kreation sonst nennen könnte.

"Das fand ich auch, Jimmy", kommentiere ich den ersten Teil seines Satzes. "Das bleiben Chrimmy-Plätzchen. Ihr seid schließlich die Er-finder. Und jetzt ruh dich schön aus."

Zufrieden winkend geht der Junge hinaus und lässt mich mit Chris alleine.

Mit diesem wunderbaren Mann, der mich so durcheinanderbringt. Und mit dem ich nun zum ersten Mal wirklich ungestört irgendwo bin. Ohne dass Jimmy uns unterbrechen kann.

Nervosität kribbelt in meinen Gliedmaßen. Dass wir uns kurz anschweigen und bloß reglos nebeneinanderstehen, hilft mir, meine Gedanken zu sortieren. Die Worte meiner Mum fallen mir wieder ein. Der Keim, der langsam wächst.

"Du bedeutest ihm viel", flüstert Chris dann. Einen Moment später legt er seine Hand an mei-nen Rücken und zieht mich ein Stück zu sich. Seine Berührung lässt Feuerblitze durch mich hindurch schießen. Wir sind uns so nah wie noch nie und es fühlt sich so richtig an.

So richtig.

"Und mir bedeutest du auch viel." Seine Stimme ist ein wenig kratzig, er zieht mich noch ein Stück näher an sich heran. "Du bist großartig, Hellen."

"Du auch", gebe ich unbeholfen zurück. Chris lächelt dieses schiefe Lachen und seine Muskeln an den Oberarmen spannen sich an, als er mich mit einer fließenden Bewegung hochhebt. Ich kann einen leisen, fast tonlosen Schrei nicht unterdrücken.

"Ich dachte, dass ich nie eine Frau an mich heranlassen kann. Dass ich jeden mit meiner Art vergraulen würde. Und dann bist du plötzlich da gewesen. Was ist bloß passiert? Wie machst du das?"

Er drückt mir einen Kuss auf die Stirn. Ich spüre, wie meine Wangen zu glühen beginnen. Meine Finger klammern sich an Chris' Schultern fest und das Kribbeln in mir wird immer stärker und stärker.

Langsam öffne ich meinen Mund, dabei weiß ich gar nicht, was ich antworten soll. Er macht mich sprachlos und gibt mir doch das Gefühl, dass ich jedes Wort der Welt zu ihm sagen könnte.

"Darf ich dich küssen?", kommt es schließlich. Im ersten Augenblick denke ich, dass er das gesagt haben muss und ich werde noch ein biss-chen mehr rot, als ich begreife, dass es aus mei-nem Mund kam.

Dass *ich* ihn gefragt habe, ob ich ihn küssen darf.

Er antwortet nicht. Stattdessen verstärkt sich sein Griff, aber nicht so, dass es wehtut, sondern so, dass ich mich noch mehr geborgen fühle.

Dann gibt er mir den schönsten, leidenschaft-lichsten Kuss meines Lebens.

Ich dachte, dass man nicht dahinschmelzen könnte, wie es immer in Büchern und Filmen heißt. Aber jetzt, in dieser Sekunde, weiß ich, dass es geht. Jetzt weiß ich, dass man sehr wohl auf wunderbare Art und Weise den Boden unter den Füßen verlieren kann.

Er setzt mich auf der Tischplatte ab, hört aber nicht auf, mich zu küssen. Nach einer wunder-schönen Unendlichkeit, in der wir in dieser Posi-tion eng umschlungen beieinander sind, lösen wir uns und schauen uns tief, beinahe unergründlich in die Augen.

"Ich würde gerne irgendetwas sagen, aber ich bin sprachlos, um ehrlich zu sein", haucht Chris und küsst erneut meine Stirn.

Wie ich diese kleine, zärtliche Geste liebe.

"Also ich würde ziemlich gerne hier weiterhin so sitzen, aber was, wenn Jimmy …?" Den Rest des Satzes lasse ich in der Luft hängen. Chris versteht es aber auch so, nickt und entfernt sich ein minimales Stück von mir. "Du hast recht. Aber früher oder später würde ich es ihm sowieso sagen wollen. Ich weiß nicht, wie sehr man mit zehn versteht, was das alles wirklich bedeutet. Aber er merkt, dass sein Bruder anders ist, wenn du hier bei uns bist."

"Wie ist denn sein Bruder, wenn ich da bin?"

Chris überlegt nur kurz. "Ausgeglichener. Glücklicher. Berührt von Dingen, die keiner außer dir und mir wirklich begreifen würde. Und hoffnungsvoll."

Nicht nur seine Worte, sondern auch die Art, wie er sie sagt, berühren mich tief in mir drin.

"Ich glaube", seufze ich leise, "das schönste Kompliment ist es, dass ich dir Hoffnung geben kann."

Daraufhin schweigen wir. Wir schweigen nicht, weil es unangenehm ist oder weil wir nicht wüssten, was wir noch sagen sollen. Wir schweigen, weil wir uns in diesem Moment auch ohne einen Ton miteinander verständigen können.

Irgendwann lösen wir uns komplett voneinander. Wir beginnen, ein wenig aufzuräumen, und die Stille zwischen uns tut gut.

Chris ist der einzige Mensch, bei dem mir Stille nicht unangenehm ist.

Erst, als wir das letzte Blech gesäubert und im Schrank verstaut haben, schauen wir uns wieder in die Augen.

Und dann sagt Chris aus heiterem Himmel das Schönste zu mir, was er hätte sagen können. "Ich dachte, dass ich nie wieder Hoffnung haben würde. Dass ich aus diesem schwarzen Loch nicht herauskomme, in das ich gleich zwei Mal gefallen bin. Jimmy hat mich am Leben gehalten, wenn er nicht gewesen wäre und mich nicht gezwungen hätte, weiterzumachen, dann hätte ich alles aufgegeben. Den Beruf, den ich so liebe und dieses Haus und meine wenigen Freunde. Und am Ende mich. Ich hätte mich aufgegeben. Und so habe ich weitergekämpft, hatte einen Sinn. Aber ich weiß nicht, wann ich das letzte Mal so richtig glücklich war. Jetzt weiß ich es. Ich bin glücklich, weil du da bist. Du hast mein Leben wieder bunt gemacht, Hellen."

Ich kann es nicht ändern, dass Tränen über meine Wangen laufen. Ich kann nicht sprechen, nicht einmal richtig atmen. Mein Herz blüht auf und gleichzeitig schmerzt es wegen des Verlusts, den Chris machen musste.

Chris fährt vorsichtig mit seinem Daumen über meine Wange, trocknet damit die Tränen. "Nicht weinen."

"Tut mir leid. Es sind einfach zu viele Gefühle auf einmal."

"Kenne ich gut. Mir geht es im Moment so ähnlich."

Die Tür schräg hinter mir quietscht leise und wir beide drehen uns um. Jimmy steht im Türrahmen, sein Schlafanzug ist zerknittert und an einem Bein bis zum Knie hochgerutscht. Er sieht verweint aus, unendlich traurig und mit weit aufgerissenen Augen. Ich höre, wie Chris leise "oh nein", murmelt und sich dann von mir entfernt.

"Was ist los, Kumpel?"

Ich habe das Gefühl, falsch an dieser Stelle zu sein. Nicht hierhin zu gehören. Aber weil ich nicht mit zugehaltenen Ohren nach draußen flüchten kann, bleibe ich unbeweglich in der Mitte des Raumes stehen, schaue auf den Boden und versuche, mich klein und unsichtbar zu machen.

"Albtraum", keucht Jimmy und es zerreißt mir mein Herz, als er dann zu weinen beginnt. Im Augenwinkel sehe ich, dass Chris seinen Bruder in den Arm nimmt, fest, so als müsse er dafür sorgen, dass der Kleine nicht auseinanderbricht.

"Ich komme mit dir hoch okay? Wir können ein bisschen auf der Konsole spielen, was meinst du? Ein bisschen ablenken?"

Ich meine zu erkennen, dass Jimmy nickt. Dann drehe ich mich endlich zu den beiden um. Chris sagt nichts zu mir, schaut mich aber an und seine Augen sprechen genauso verständlich zu mir. Ich sehe, wie es ihm leidtut, dass wir unseren Nachmittag unterbrechen müssen, und verstehe die stumme Aufforderung, dass es besser ist, zu gehen. Sein Blick ist gebrochen, als er zwischen mir und Jimmy hin und her schaut. Ich möchte nicht, dass er sich schlecht fühlt, dass er denkt, er müsse sich zwischen seinem Bruder und mir entscheiden.

"Das ist richtig so", will ich nur mit meiner Lippenbewegung andeuten. Chris nickt. "Danke", sagen seine Lippen. "Ich melde mich."

Dann verschwinden die beiden ins Obergeschoss. Ich ziehe mich an und trete mit vollem Kopf und noch vollerem Herz aus der Haustür hinein in die eiskalte Winterluft.

Acht

Chris und ich haben in den darauffolgenden zwei Wochen fast täglich Kontakt. Er schreibt mir Nachrichten, wenn er Pause hat, und ich beantworte sie, wenn ich ein Auto fertig habe. Er hat sich ungefähr tausend Mal entschuldigt, dass er mich nach unserem Plätzchenbacken so abrupt abwimmeln musste und ich habe ihm genauso oft gesagt, dass es überhaupt kein Problem ist. An manchen Abenden telefonieren wir miteinander. Ich kann mich nicht daran erinnern, wann ich das letzte Mal so ungezwungen mit einem Mann umgegangen bin und ihm ohne, dass ich viel darüber nachdenken müsste, von meinem Leben erzählt habe. Wenn man sich keine Gedanken darüber machen muss, was richtig und was falsch ist, dann hat man einen Menschen gefunden, der gut für einen ist, hat meine Mum schon früher immer weise gesagt. Heute verstehe ich, was sie damit gemeint hat.

Man muss mir anmerken, dass in mir etwas vorgeht. Dass meine Gefühle sich entgegen dem Wetter vor der Tür verhalten, das immer grauer und dunkler wird. Meine Gefühle sind eher so wie die Lichterketten und die bunte Dekoration, sie strahlen und lassen kaum jemanden kalt. Sogar Boris hat verstanden, dass er noch weniger versuchen muss, mit mir zu flirten. Claire schaut mich mit wissendem Blick an und meine Eltern fragen mich bei unseren Telefonaten oder wöchentlichen Treffen an den Adventstagen viel häufiger als sonst, was ich denn so gemacht habe. Ich war noch nie eine gute Lügnerin und versuche daher nicht einmal, zu vertuschen, was ich fühle.

Fakt ist, dass ich für die Menschen, die mich kennen, wie ein offenes Buch bin.

Die Tage in der Werkstatt werden immer kürzer, weil wir immer weniger Kundschaft haben, und meine freien Nachmittage nutze ich, um Weihnachtsgeschenke einzukaufen, oder quartiere mich bei Archie und den Rottweilern ein. Ich habe die zwei Hunde mehr als einmal zum Spazieren gehen ausgeführt und Archie will mit meinen Kaffee seitdem immer schenken, was ich vehement ablehne.

Auch heute ziehen die beiden Tiere mich durch Rye und schnüffeln alles und jeden an. Die Stadt wechselt mit einer undurchdringlichen Beständigkeit durch die verschiedenen Winter-Szenarien. Mal schneit es, mal ist es bloß den ganzen Tag grau und manchmal regnet es sogar bloß und die Nachmittage sind erstaunlich mild. Es dauert oft nur wenige Stunden, bis Rye von vermatscht zu in Pulverschnee getaucht wechselt. Heute wandern meine Stiefel in einer dünnen Schicht Schnee, die mich an unsere Mehlschlacht vor knapp zwei Wochen erinnert, aber sie tragen mich nicht die gewöhnliche Route entlang, die ich sonst mit den Hunden gehe.

Heute machen wir einen Schlenker zu Chris und Jimmy. Weil ich Chris noch eine Erklärung schuldig war, habe ich ihn bei unserem letzten Telefonat aufgeklärt, dass ich im Moment als Hundesitterin einspringe. Und dass auch Jimmy meine vorübergehenden Schützlinge kennengelernt hat.

Leika und Lumpi sind verwirrt, als ich an der Tür klingele. Ich hoffe, dass mein unangekündigter Besuch Erfolg zeigt und ich nicht störe, aber die Idee ist in den letzten Minuten so stark in mir gereift, dass ich sie nicht mehr unterdrücken konnte.

Und mein Herz sehnt sich danach, Chris zu sehen. Nur Nachrichten und Telefonate reichen mir nicht.

Es dauert lange, bis ich Schritte vernehme, dann öffnet Jimmy mir die Tür. Er erschrickt erst, weil er ziemlich genau auf Augenhöhe der

Hunde ist, dann aber schleicht sich ein Strahlen auf sein Gesicht.

"Lust auf einen Spaziergang?", frage ich, ohne eine Begrüßung abzuwarten. Jimmy bejaht, dreht sich um, und ruft nach seinem Bruder. Abwartend stehe ich vor der Tür und beginne zu frieren. Ich habe die rote Wollmütze an, die ich vor wenigen Tagen noch in meinem Auto habe liegen lassen und nicht im Traum dran gedacht hätte, sie zu tragen. Außerdem führe ich heute zum ersten Mal einen neuen Mantel aus, der zwar schwarz, aber mit bunten Hahnentrittmustern an den Seiten versehen ist.

Ich bin ziemlich stolz auf diesen Kauf. Und Amanda wäre es vermutlich auch.

"Du musst gerochen haben, dass ich langweilige Mathearbeiten korrigiere", sagt Chris, der plötzlich vor mir steht. Ich habe ihn nicht kommen hören, nun lehnt er lässig im Türrahmen. Er trägt einen Pullover mit V-Ausschnitt, der so enganliegend ist, dass er nur wenig Spielraum lässt.

Nicht schlecht.

"Es war tatsächlich eine Eingebung", kichere ich. "Und ich habe zwei Freunde mitgebracht, die zur Not auch all deine Matheaufgaben auffressen können."

Chris lacht das typisch tiefe Lachen, das mir jedes Mal einen Anflug einer Gänsehaut verschafft. "Sind das die beiden Hunde, von denen Jimmy andauernd erzählt?"

Wie zur Antwort bellt Leika leise.

"Das hieß so viel wie ‚Ja, wir sind die tollsten Hunde der Welt und wollen gerne mit euch Gassi gehen‘."

"So viele Informationen in einem Bellen?", meldet sich Jimmy hinter Chris' Rücken zu Wort und wir lachen, weil er es so ernst zu meinen scheint. Dann wendet er sich vorwurfsvoll an seinen Bruder. "Du bist ja noch gar nicht angezogen!"

Tatsächlich hat sich Jimmy selbst schon in Daunenjacke, Mütze, Schal und Stiefel geworfen.

"Sorry, Kumpel. Geht ganz schnell." Mit diesen Worten verschwindet Chris kurz. Ich überlasse Jimmy derweil die Leine von Leika, von der ich sicher bin, dass sie auch ohne sie brav neben uns trotten würde und daher auch ein Kind gut mit ihr umgehen kann. Trotzdem erkläre ich ihm ausführlich, worauf er achten soll.

Schließlich brechen wir auf und spazieren gemütlich durch Rye. Es sind kaum Autos unterwegs, aber dennoch laufen wir in Richtung eines kleinen Feldwegs, weil es dort entspannter und vor allem winterlicher zugeht. Dabei sprechen wir über Chris' Arbeit in der Grundschule und darüber, wie es mit Jimmy im nächsten Jahr weitergehen wird.

Ich bewundere, dass Chris schon früh wusste, dass er Grundschullehrer werden will, dass er direkt nach seinem Abschluss studiert hat und als einer der Besten abgeschlossen hat. Und dass ihn auch keiner der schweren Schicksalsschläge von seinem Weg abgebracht hat.

"Jimmy hat gesagt, dass er selbst auch mal Lehrer werden will. Oder Architekt, so wie unser Dad es war."

"Es ist doch schön, wenn man schon früh weiß, was man gerne mal machen will. Bei mir war es auch so." Plaudere ich aus dem Nähkästchen. Die Rottweiler laufen Jimmy treu hinterher, der sich rührend um die Hunde kümmert, ständig stehen bleibt und sie mit Streicheleinheiten verwöhnt. "Es ist eher ungewöhnlich mit zwei Frauen in einer Werkstatt. Aber ich kann mir keinen besseren Job vorstellen."

"Ich für meinen Teil bin ziemlich glücklich, dass du dort arbeitest", sagt Chris. "Sonst hätte ich diese wunderbare Frau, die hier neben mir läuft, niemals kennengelernt."

"Ich dachte nicht, dass wir überhaupt normal miteinander sprechen können, nachdem ich dich ziemlich fürchterlich fand, als ich das erste Mal mit dir gesprochen habe." Ich versuche, eine Spur Humor hinein zu legen, kann aber nicht ändern, dass es sich ein wenig vorwurfsvoll anhört.

Anstatt einer Antwort nimmt Chris meine Hand in seine. Sofort wird es mir ein Stückchen wärmer. Und richtig warm wird mir bei seinen nächsten Worten.

"Umso glücklicher bin ich, dass du nicht weg-gelaufen bist, sondern immer wieder bei uns bist. Ich habe gestern mit Jimmy drüber gesprochen."

"Worüber?", will ich wissen, weil ich ihm nicht ganz folgen kann.

Chris braucht eine Weile, ehe er antwortet. "Über dich und mich."

Ich traue mich nicht zu fragen, was er dazu ge-sagt hat. Aber Jimmy verhält sich nicht so, als hätte er etwas gegen mich, also hake ich doch nach. Mein Herz schlägt schneller, je länger es dauert, bis Chris endlich antwortet. Als es dann endlich so weit ist, droht es dann aber beinahe zu zerplatzen vor Glück.

"Er hat wortwörtlich gesagt: ‚Hast du ihr schon gesagt, dass du in sie verliebt bist?' Und weißt du, was mir dann aufgefallen ist?"

Chris bleibt stehen, zieht mich an der Hand so vor sich, dass wir uns direkt in die Augen blicken.

"Was?", frage ich mit zitternder Stimme.

Bitte, bitte, lass ihn das sagen, was ich mir wünsche.

Chris' Blick wird weich. "Ich habe es dir noch nicht gesagt. Jimmy war wieder einmal viel schlauer als ich. Ich hätte es dir schon viel früher sagen sollen. Dir sagen sollen, dass ich auf dem besten Weg bin, mich in dich zu verlieben, Hellen."

Die Welt um mich herum erscheint mir wie mit Weichzeichner bearbeitet. Ich nehme nichts mehr wahr außer dem Mann vor mir, seinen braunen Augen und seinem unglaublich schönen Gesicht. Seinem schwierigen, aber wertvollem Charakter. Der unbändigen Liebe, die er denjenigen gibt, die ihm nahestehen. Ich erlaube mir, meinen Gefühlen endlich Luft zu lassen und merke, dass sie schon viel zu lange unter der Oberfläche des Schweigens und der Unsicherheit haben. Insgeheim war mir schon so lange bewusst, dass das, was in meinem Innersten los ist, auch Liebe sein muss.

"Mir geht es nicht anders."

Wir küssen uns, und es ist uns egal, wer uns sieht. Das hier ist der nächste Schritt, den wir beide so herbeigesehnt haben. Hier laufen alle zarten Bänder zusammen, jedes Treffen, jedes Telefonat, jeder Streit und jeder Mehlklumpen, den wir uns entgegengeworfen haben. Der Keim fängt mit unaufhörlicher Geschwindigkeit zu wachsen an. Er ist noch nicht ausgewachsen, aber es muss nun wirklich ein sehr starker Sturm aufziehen, um ihn aus der Erde zu reißen.

Ich spüre Jimmys Blick auf uns, obwohl ich ihn nicht sehen kann. Und ich meine, auch sein glückliches Lächeln spüren zu können.

-

Beflügelt schließe ich die Tür meiner Wohnung auf. Ich kann kaum glauben, was heute passiert ist.

Es ist so abenteuerlich, so aufregend, so besonders.

Ich hüpfe beinahe in meine wohlig-warme Wohnung hinein, dann trifft mich aber der Schlag. Aus meiner Küche höre ich Gelächter.

"Hallo?", rufe ich, dabei rege ich mich bei Horrorfilmen immer genau darüber auf.

"Süße, wir sind in deiner Küche!" Eindeutig die Stimme meiner Mutter. Was macht Mum hier? Und mit wem lacht sie? Wer sind wir?

Mein erster Gedanke ist, dass etwas passiert sein muss. Ich lasse meine Tasche fallen und stolpere in die Küche. Ich habe erwartet, dass Dad bei ihr ist, aber stattdessen sitzt sie neben Amanda an meinem Esstisch. "Was macht ihr hier?", stoße ich hervor. "Wie seid ihr hier reingekommen? Ist was passiert?"

"Ganz ruhig, Kleine", beruhigt Amanda mich. "Es ist alles gut."

Mum steht auf und nimmt mich in den Arm. "Tut mir leid, ich wollte dich nicht erschrecken. Ich wollte bloß bei dir vorbeischauen und dir Lebkuchen bringen, den Dad gemacht hat. Und ich habe den Zweitschlüssel immer an meinem Schlüsselbund, falls mal was mit dir sein sollte. Deswegen bin ich reingekommen und dachte, dass ich einfach auf dich warte. Amanda hat mich draußen vor der Tür abgefangen."

"Moment, Moment. Das ist doch verkehrte Welt. Dass du hier einfach so auftauchst, verstehe ich ja meinetwegen noch, aber Dad hat *gebacken*?"

Zum Beweis hält Mum mir eine Box mit etwas unförmigen, aber herrlich duftenden Lebkuchen unter die Nase.

"So richtig mit Rezept und umrühren und so?", hake ich nach und schnappe mir ein kleines Stück. Es schmeckt erstaunlich gut.

"Und er hat sogar den Timer richtig gestellt und das Blech aus dem Ofen genommen, ohne sich zu verbrennen."

Mum hält auch Amanda die Schüssel mit Lebkuchen hin, aber die lehnt höflich ab. Ich schalte die Kaffeemaschine ein. "Auf den Schrecken brauche ich erst einmal Koffein. Will noch jemand einen Espresso?"

Beide bejahen mit freudestrahlenden Augen.

"Ihr hättet euch ruhig bedienen können, wenn ihr sowieso schon hier seid", sage ich und eine Spur von Vorwurf spielt in meiner Stimme mit.

"Wo warst du denn überhaupt so lange?", fragt Mum mit vollem Mund.

Ich ziehe eine Augenbraue hoch. "Was heißt lange? Wie lang seid ihr denn schon hier?"

Amanda schaut demonstrativ auf die Uhr, obwohl sie sicherlich eine genaue Uhrzeit weiß. "Seit einer halben Stunde. Noch fünfzehn Minuten länger, und wir hätten-"

"Süße, warum lenkst du ab?", fällt meine Mutter meiner Nachbarin ins Wort. Sie ist eben meine Mum, denke ich schwach. Es war klar, dass sie es merken würde.

Eine gefühlte Minute suche ich nach den richtigen Worten, aber sie fallen mir nicht ein. Ich hantiere an der Kaffeemaschine und lasse absichtlich langsam einen Espresso nach dem anderen in die Tassen laufen, um die Zeit noch etwas hinauszuzögern. Die beiden Frauen an meinem Tisch starren mich dabei die ganze Zeit über an und Unbehagen kriecht mir in den Nacken. Es liegt in meiner Natur, alles grundsätzlich einmal anzuzweifeln und nun habe ich Angst, dass das Gespräch desaströs verlaufen wird. Dass sich die beiden aus irgendeinem Grund nicht so sehr freuen wie ich. Das würde meiner Laune nicht nur einen ordentlichen Dämpfer verpassen, sondern würde sie meilenweit zurückkatapultieren.

Ich stelle jedem von uns eine kleine Tasse auf den Tisch und kann mich dann nicht mehr davor drücken, zu reden zu beginnen.

"Ich … habe mich heute mit Chris getroffen", stottere ich. Und dann beschließe ich, den Rest der Information einfach hinterherzuschieben, damit ich es hinter mir habe. "Wir sind nun wohl so etwas wie ein Paar. Also nicht so richtig offiziell, denke ich, aber er hat gesagt, dass er dabei ist, sich in mich zu verlieben."

Ich kann mir nicht erklären, warum mir die Situation unangenehm ist. Ich nage an meiner

Unterlippe, die beiden Frauen mir gegenüber starren mich ungläubig an, ehe sie ohne Vorwarnung parallel zu schreien beginnen.

Sie sitzen in meiner Küche und schreien mich an.

Was ist heute bloß los?

Ein albernes Lachen steigt meine Kehle empor und im nächsten Moment sind wir alle drei aufgesprungen und liegen uns in den Armen. Es dauert eine ganze Weile, bis wir uns wieder beruhigt haben und bis dahin ist der Espresso eindeutig zu kalt, um ihn noch zu trinken. Glück sprudelt durch meine Küche, es fehlt nur noch, dass wir uns an den Händen halten und im Kreis springen wie damals zu Zeiten im Kindergarten.

Ich fühle mich aufgekratzt, innerlich total aufgewühlt von den ganzen Dingen, die heute auf mich eingeprasselt sind. Das ist so ein Tag, an dem man nicht einschlafen können wird.

Den Espresso rührt keiner mehr an, aber wir bedienen uns fleißig von den Lebkuchen und ich erzähle in groben Zügen von meinem Tag. Natürlich lasse ich die Stelle, in der wir wie Teenager mitten auf dem Feldweg küssend übereinander herfallen, aus, aber dafür erzähle ich umso genauer, wie Chris dazu kam, die magischen Worte zu mir zu sagen. Und ich zu ihm.

Meine Mum hat dabei die ganze Zeit einen glückseligen Ausdruck auf dem Gesicht und Amanda trommelt in unregelmäßigen Abständen mit ihren langen, rot lackierten Fingernägeln auf dem Tisch herum. Wir sind eine lustige Gesellschaft – und wir alle schrecken zusammen, als das Handy meiner Mum plötzlich läutet. Obwohl. Es läutet nicht einfach nur. Es *schrillt*.

"Gott, Mum, du bist doch noch nicht schwerhörig", kommentiere ich, doch sie nimmt es kaum wahr, weil sie hastig in ihrer Jacke, die über der Stuhllehne baumelt, nach dem Gerät sucht.

"Hi Liebling", geht sie dann ans Telefon. Sie nennt nur Dad so, was mich ziemlich sicher erahnen lässt, dass er auch angerufen haben muss.

"Ja. Die Lebkuchen schmecken." Mum verdreht leicht die Augen, als hätte sie gewusst, dass er das fragen würde. "Nein, ich habe sie noch nicht gefragt. Wir hatten noch andere Dinge zu besprechen. Aber wenn deine Frau auf einer Mission ist …" Sie lässt den Satz absichtlich in der Luft hängen und schmunzelt. Dann verabschieden die beiden sich liebevoll voneinander und Mum packt das Handy genauso umständlich wieder zurück, wie sie es hervorgeholt hat.

Mit leicht schräg gelegtem Kopf schaue ich sie auffordernd an, damit sie mir von besagter

Mission erzählt. Und Amanda scheint dem Gespräch genauso genau gefolgt zu sein, denn sie fragt, ob sie uns lieber alleine lassen soll. Ich kenne meine Eltern aber zu gut, dass ich weiß, dass das, was sie vorhaben, nicht negativer Natur sein kann. Sonst hätten die beiden anders reagiert. Und Krisensitzungen finden grundsätzlich bei meinen Eltern statt, weil sie mich danach nicht alleine in meiner Wohnung lassen wollen und mich dann so lange mit heißer Schokolade oder Tee bei sich festhalten, bis es wieder in Ordnung ist. Also muss es heute um etwas Schönes oder wenigstens etwas gehen, was nicht allzu aufregend ist.

"Nein, nein", beteuert meiner Mutter. In ihrer Stimmfarbe hat sich etwas geändert, sie scheint nun selbst nervös zu sein und will diese Nervosität mit purer Freundlichkeit überdecken. "Es geht um Weihnachten. Und darum, wie wir dieses Jahr feiern wollen."

Ihre Frage überrascht mich. "Wir feiern doch immer gleich. Ich komme zu euch, helfe mit dem Essen. Dieses Jahr kann Dad vielleicht den Nachtisch machen. Ich habe sogar schon eine Tüte mit Geschenken, die ich unter euren Baum legen wollte, im Flur stehen. Du willst das doch jetzt nicht absagen?"

Das, was in Mums Stimme nervös geklungen hat, klingt bei mir fast panisch. Beruhigend legt sie eine Hand auf mein Knie.

"Es geht nicht darum, dass wir es absagen, Süße. Wir wollten es dieses Jahr nur vielleicht etwas ... modifizieren?"

"Modifizieren?", frage ich ungläubig. Ich habe keinen blassen Schimmer, auf was meine Mum hinauswill. Es klingt jedenfalls kompliziert.

"Ja. Modifizieren. Dein Dad und ich haben gedacht, dass wir vielleicht auch mal ... andere Leute einladen könnten. Leute, die vielleicht sonst an Weihnachten alleine wären."

"Und an wen denkst du da?"

"Oh Hellen", schnaubt Amanda. "Du bist wirklich schwer von Begriff. Hast du dir Toastbrot in die Ohren gesteckt oder macht die Liebe dich dumm?"

Beim Stichwort Liebe geht mir ein Licht auf und meine Augen werden groß. "Du hast vor, Chris und Jimmy-"

"Ganz genau. Lad sie ein. Vielleicht haben sie Lust, Weihnachten bei uns zu verbringen. Du hast erzählt, dass die beiden keine großen Fans davon sind und ihr Haus nicht geschmückt ist. Aber wir würden uns freuen. Nach den Neuigkeiten heute sogar noch ein bisschen mehr."

170

Ich weiß nicht, was ich dazu sagen soll. Alles in mir schreit danach, einfach ja zu sagen, als wäre die Sache damit beschlossen. Natürlich wünsche ich mir ein solches Weihnachtsfest. Mit dem Mann, in den ich mich verliebt habe, und seinem Bruder, den ich mindestens genauso ins Herz geschlossen habe. Und trotzdem natürlich mit meinen Eltern.

Ich setze zu einer Antwort an, aber Mum unterbricht mich erneut. "Und weil ich heute noch jemanden kennengelernt habe, der sonst alleine wäre, würde ich auch dich, Amanda, gerne an Weihnachten bei uns haben."

Mein Blick gleitet zwischen den beiden Frauen hin und her. Meine Nachbarin hat von der einen auf die andere Sekunde Tränen in den Augen. "Oh, das wäre so wunderbar. Ich müsste eigentlich erst sagen, dass ich euch keine Umstände machen will und so weiter, aber ich sage einfach ja. Liebend gerne."

Zum ersten Mal wird mir bewusst, dass Amanda, so fröhlich sie auch immer ist, an Weihnachten stets alleine gewesen sein muss. Plötzlich überkommen mich fürchterliche Schuldgefühle. Ich war immer bei meinen Eltern, habe darüber überhaupt nicht nachgedacht, was mit ihr ist. Umso mehr freue ich mich nun, dass sie diesem

modifizierten Weihnachtsfest so schnell zuge-
stimmt hat. Mit Amanda wird es sicherlich ein
sehr lustiger Abend.

Fehlen nur noch zwei andere Personen.

"Ich werde mit Chris sprechen. Aber wenn ich
ihm Dads Lebkuchen verspreche, dann kann er
eigentlich nur ja sagen", sage ich, aber innerlich
habe ich große Zweifel, ob das nicht etwas früh
ist.

Ich hoffe so sehr, dass er ja sagt.

Neun

Das Geschenk neben mir klappert und versperrt mir fast die Sicht durch meine Seitenspiegel. Wenn ich Ryes Straßen weniger gut kennen würde, dann würde mir dieser Zustand sicherlich Angst bereiten, zumal es plötzlich unangenehm glatt geworden ist.

Pünktlich zum Weihnachtsmorgen ist die Temperatur noch einmal um gute sieben Grad gefallen und trotzdem strahlt die Sonne.

Es könnte kaum schöner sein. Ich fahre durch ein echtes Winterwunderland, erkenne mein Heimatstädtchen vor lauter Schnee und Eis kaum wieder. Es ist zauberhaft und meine Laune steigt mit jeder Minute. Ich fühle mich wie ein Kind und tue alles, was heute anfällt, mit einem breiten Grinsen im Gesicht.

Es ist kurz nach zehn und ich hoffe, dass ich Claire mit meinem Überraschungsbesuch nicht wecke oder störe, aber weil ich meiner Mum mit dem Essen für heute Abend helfen will, habe ich nur wenig andere Möglichkeiten, als genau jetzt den Weihnachtsmann zu spielen.

Im Radio läuft *Santa Clause is coming to town* und ich singe lauthals mit, auch wenn es fürchterlich klingt. Die Kunst ist es, die Musik im Auto so laut aufzudrehen, dass man die eigene Stimme nicht mehr hört. Weil der Song noch nicht fertig ist, als ich vor Claires Haus halte, bleibe ich noch eine Weile im Auto sitzen und warte, bis der Moderator das nächste Lied ankündigt. Ich könnte stundenlang hier sitzen und Weihnachtslieder mitträllern, berufe mich dann aber meiner Plicht und werfe einen Blick auf das Geschenk neben mir.

Es ist riesig – und das nicht nur, weil es geschickt eingepackt ist. Sonst schenken Claire und ich uns immer nur winzige Sachen, mal ein Armband, mal eine Tasse mit albernem Spruch. Dieses Geschenk ist diesmal wirklich groß, aber ich glaube, dass ich noch nie etwas so Sinnvolles in Geschenkpapier gehüllt habe.

Von der Beifahrertür aus schnappe ich mir die große, aber relativ leichte Box, und hangele mich damit zur Eingangstür. Weil ich unmöglich eine meiner Hände vom Geschenk lösen kann, klingele ich umständlich, indem ich mein Knie an den Knopf hebe und dabei fast umfalle. Es dauert nur kurz, da öffnet Bennett mir die Tür.

"Huch, Hellen? Bist du das hinter dem großen Geschenk?"

Ich lache und es muss komisch aussehen, denn Bennett kann von seiner Position aus wirklich nur meinen Haaransatz sehen und ansonsten das Geschenkpapier mit bunten Rentieren und goldenen Schleifchen.

"Frohe Weihnachten, Bennett. Ja, ich bin es. Hab ein Geschenk für deine Frau", gebe ich kurzatmig zurück.

"Schaffst du es so durch die Wohnung oder soll ich noch schnell eine Versicherung abschließen, damit man uns die zu Bruch gegangenen Erbstücke irgendwie ersetzen kann?"

Langsam wird das Geschenk doch schwer und ich keuche: "Du könntest es mir auch einfach kurz abnehmen."

Er lacht erneut, tut dann aber, worum ich ihn gebeten habe.

Bennett trägt den hässlichsten Weihnachtspullover, den ich jemals gesehen habe. Das helle Blau des Wollstoffes passt überhaupt nicht zu ihm und die Muster darauf sind grässlich. Und das Schlimmste dabei ist, dass er ihn so glücklich zur Schau trägt, als fände er ihn tatsächlich hübsch.

"Ich bringe dein Geschenk ins Wohnzimmer. Die Mädels sind in der Küche und backen schon einmal für heute Abend." Mit diesen Worten lässt er mich eintreten. Ich streife mir die Schuhe am

Türvorleger ab und biege dann nach rechts in die Küche ein. Ich war schon oft hier, weswegen ich wie selbstverständlich in die Wohnung spaziere und zwei überraschten Gesichtern entgegenblicke, als ich mitten in der Küche lande.

"Hellen, was machst du denn hier?"

"Frohe Weihnachten", rufe ich und nehme Claire und Kassie nacheinander in die Arme. Es riecht bereits köstlich in der kleinen Küche, aber der Duft erinnert mich genauso daran, dass ich selbst bald wieder aufbrechen und Mum helfen sollte.

"Ich habe ein Geschenk für dich, Claire. Dein Mann hat es mir abgenommen und in euer Wohnzimmer getragen. Ach, aber da fällt mir doch ein, dass ich auch für dich was habe." Ich wende mich an Kassie und ziehe eine kleine Schatulle aus meiner Handtasche. Sie hat eine große, rote Schleife auf der Vorderseite, die das Mädchen sofort begeistert.

"Darf ich das gleich auf machen, Mama?", wendet sie sich an Claire und meine Freundin nickt zustimmend.

Kassie braucht eine Weile, bis sie die Schleife abgemacht hat und die Schatulle öffnet. Darin liegen zwei große, goldglitzernde Haarspangen, die zu keinem anderen Menschen außer zur Tochter meiner besten Freundin passen würden.

"Soll ich sie dir gleich in die Haare machen?", frage ich sie und ein eifriges Nicken ist die Antwort. Sanft nehme ich Kassie die Schatulle aus der Hand und drehe ihre gelockten, roten Haare, die sie eindeutig von ihrer Mutter geerbt hat, am Hinterkopf leicht zusammen. Dann befestige ich sie mit einer der Spangen. "Fertig."

Kassie rennt ohne Vorwarnung in den Flur zum Spiegel und schaut sich darin staunend an, ehe sie zu mir zurückrennt und sich überschwänglich bedankt.

"Brauchst dich nicht bei mir bedanken", sage ich verschwörerisch. "Das hat bloß der Weihnachtsmann bei mir falsch abgeliefert und ich wollte es zu dir bringen."

"Na klar", kommentiert Kassie mit einem kindlichen Augenverdrehen. "Als ob ich nicht wüsste, dass-"

"Komm, wir gehen mal ins Wohnzimmer", unterbricht Claire den Vortrag ihrer Tochter und wir schmunzeln uns an.

Zum Glück habe ich in diesem Alter noch felsenfest an den Weihnachtsmann geglaubt.

Kassie rennt vor und auch Claire bedankt sich noch einmal für das Geschenk. "Das wäre doch gar nicht nötig gewesen."

"Ich habe es entdeckt und musste es einfach für sie kaufen. So lange ich keine eigenen Kinder habe, muss deine Tochter eben für diesen Kram herhalten."

Claire lacht leise und legt im Laufen freundschaftlich einen Arm über meine Schulter. "Und bis dahin ist Kassie so alt, dass du ihr sowieso nichts mehr schenken kannst, was ihr gefällt. Dann ist sie voll in der Pubertät und findet alles, was von einem Erwachsenen kommt, total scheiße."

Ich tue so, als wäre ich davon schockiert. "Du meinst, dann findet sie *meine* Weihnachtsgeschenke schlecht?"

Dem entgegnet Claire nur ein weiteres Lachen und wir biegen ins Wohnzimmer ein. Dort läuft Claires legendäre Weihnachtsplaylist, die sie auch in der Werkstatt ständig laufen lässt, und ich muss sofort im Takt mitgehen. In einigen Tagen hängen mir die Songs zu den Ohren heraus, aber bis dahin kann ich dem Drang, sie mitzusingen, nur schwer widerstehen.

Meine Freundin erkennt sofort, welches Geschenk unter dem Baum neu dazugekommen ist, und starrt mich mit offenem Mund an. "Was ist das? Eine neue Küchenmaschine, oder was?"

"Viel besser", prophezeie ich und wackele mich den Augenbrauen.

Wie ein Kind krallt Claire sich das Paket und ist augenscheinlich erstaunt darüber, dass es leichter ist, als es aussieht. Dann setzt sie sich auf die Kante des braunen Ledersofas direkt neben dem Weihnachtsbaum und fängt an, das Papier herunterzureißen.

Bennett und Kassie sitzen neben ihr und schauen gespannt zu.

Innerlich erwarte ich gleich eine Mischung aus Erstaunen und Freude, von der ich noch nicht weiß, wie genau sie sich äußern wird.

Unter dem Papier versteckt sich ein brauner, langweiliger Karton, den Claire ebenfalls erst öffnen muss, bevor zum Vorschein kommt, was mein Geschenk ist.

"Ordner?", fragt sie ungläubig und starrt mich einen Moment entgeistert an. Dann bricht sie in schallendes Gelächter aus, als sie nacheinander zehn Aktenordner mit bunten geometrischen Mustern auspackt. Um jeden von ihnen habe ich in mühevoller Arbeit eine kleine Schleife gebunden.

"Das ist das perfekte Geschenk für das unordentlichste Büro ganz Englands", kommentiert Bennett amüsiert und greift mir damit gekonnt unter die Arme.

"Und", fügt Claire nach Luft schnappend hinzu, "das sinnvollste und wohl das beste Geschenk, was du mir je gemacht hast!"

Ich protestiere: "Hey, willst du damit etwa sagen, dass die Fototassen letztes Jahr scheußlich waren?"

"Dazu möchte ich mich nicht äußern", kichert meine Freundin. Ich weiß selbst, wie fürchterlich die Tassen waren. Ich habe sie in letzter Minute bedrucken lassen und das Foto darauf war leider absolut unscharf. Außerdem ist die Farbe beim ersten Spülen abgegangen, obwohl Claire sie extra nur mit der Hand gewaschen hat.

Meine Freundin schaut sich jeden Ordner einzeln an und stellt sie dann fein säuberlich – und ungewohnt parallel – nebeneinander. Dann springt sie auf und geht zum Weihnachtsbaum, wo sie ein kleines Geschenk hervorholt. "Ich habe natürlich auch was für meine beste Kollegin und noch bessere Freundin." Damit überreicht sie mir das Päckchen, das schlicht in braunem Papier eingewickelt ist und einen Herzchenaufkleber auf der Oberseite hat. Weil es Tradition ist, wackele ich leicht an dem Päckchen und versuche eine Ahnung davon zu bekommen, was darin sein könnte, doch außer einem leisen Klackern kann ich nichts vernehmen und habe keine Idee, was es sein könnte. Gespannt wickele ich das Papier ab und öffne eine glitzernde kleine Box.

Darin liegt in Stoff gebettet ein Armband mit kleinen Anhängern.

"Du schaffst es immer wieder, dass ich mich schlecht fühle", sage ich zu Claire. Das Armband ist wunderschön und eigentlich viel zu viel wert dafür, dass wir ausgemacht haben, uns nur wenig zu schenken.

"Aber es musste einfach gekauft werden", entschuldigt sich Claire achselzuckend. "Schau es dir genauer an."

Am Armband hängen kleine Figuren und Werkzeuge, die alle etwas mit Autos zu tun haben. Ein winzig kleiner Schraubendreher hängt neben einem Reifen mit goldenen Felgen und einem kleinen Auto, dazwischen hängen schimmernde Steine in verschiedenen Farben in goldener Fassung.

"Oh danke, Claire", sage ich beeindruckt und nehme meine Freundin fest in die Arme. "Das ist wirklich wunderschön."

"Und es passt unheimlich gut zu dir. Vor allem, seitdem du in letzter Zeit so aufblühst. Wegen der bunten Steine wollte ich es erst wieder weglegen, aber es passt einfach zu gut."

"Ach, bunt ist doch eigentlich viel schöner", schmunzele ich. Dieses Argument scheint mich in dieser Weihnachtszeit irgendwie zu verfolgen.

-

Eine Stunde haben Claire, Bennett und ich noch miteinander gesprochen, ehe ich mich wieder auf den Weg nach Hause gemacht habe, um Mum bei den Vorbereitungen für das Weihnachtsessen zu unterstützen. Claire wirkte irgendwann aufgekratzt, weil das Essen noch nicht fertig war, und obendrein hat ihre Schwester Cecily angerufen. Ich habe nur am Rande mitbekommen, dass sie irgendein Problem hat und wohl nach Rye kommen möchte. Mein freundschaftlicher Instinkt hat aber gemerkt, dass es nicht der richtige Zeitpunkt war, nachzufragen.

Mum und ich haben stundenlang nebeneinander gewerkelt, haben gekocht und gebacken und dabei die ganze Zeit gesungen, gelacht und manchmal sogar getanzt.

Es ist ein wunderbarer Weihnachtsnachmittag und meine Vorfreude auf heute Abend steigt immer weiter und weiter. Ich kann den Duft der ganzen leckeren Gerichte nicht nur riechen, sondern schmecke sie beinahe schon. Hin und wieder stolpert Dad in die Küche und fragt, ob er etwas helfen kann, aber wir lehnen jedes Mal liebevoll ab und schließlich schläft er eine Weile auf der Couch ein.

Wir merken erst, dass wir uns langsam umziehen müssen, als es an der Tür klingelt. Es ist erst halb fünf und damit eine halbe Stunde vor der vereinbarten Zeit, aber ich springe trotzdem vorfreudig an die Haustür und es ist mir egal, dass ich nicht mein Strickkleid, sondern eine ausgewaschene Jeans und einen mit Bratensoße bekleckerten Rollkragenpullover trage.

Ich öffne strahlend die Haustür und vor mir steht Amanda. Jedenfalls das, was von ihr übrig ist, denn sie ist unter einem Berg von Geschenken begraben. So ähnlich muss es Bennett gegangen sein, als ich heute Morgen vor ihm stand.

Amanda trägt einen hellen Wollmantel, unter dem ein Kleid mit bunten Christbaumkugeln hervorblitzt. Kurz frage ich mich, woher sie so etwas bekommen hat, verwerfe den Gedanken aber schnell. Die Wege dieser Frau sind unergründlich und es ist nicht das erste Kleidungsstück, das mich irgendwo zwischen Erstaunen und einem lauten Lachen stehen lässt.

Ich nehme meiner Nachbarin die Geschenke ab und bringe sie ins Wohnzimmer, wo meine Mum – mittlerweile in ihre beste Bluse geworfen und mit frisch aufgetragenem Lippenstift – sie begrüßt, als würden sie sich schon Ewigkeiten kennen. Dann stellt sie Amanda auch meinem Dad vor und ich entschuldige mich, um ins Bad zu huschen und mich umzuziehen.

Ich locke schnell meine kurzen Haare, was ich sonst nie mache. Es sieht ungewöhnlich, aber auch wahnsinnig gut aus, und weil ich gerade in Stimmung bin, weihe ich einen neu gekauften dunkelroten Lippenstift ein und tupfe mir etwas Rouge auf die Wangenknochen. Dann tusche ich meine Wimpern und als ich erneut in den Spiegel sehe, erkenne ich mich kaum wieder. Die Frau, die ich dort sehe, hätte vor wenigen Tagen noch in einem Anflug von Selbstzweifel alles wieder verworfen, sich abgeschminkt und wäre dann wie ein graues Mäuschen zu den anderen ins Wohnzimmer gegangen. Aber heute, beschließe ich, soll es so sein. Ich sehe gut aus, ich fühle mich gut. Es ist Zeit, die Veränderung in mir auch nach außen zu tragen.

In Socken gehe ich in den Flur, wo ich mein Strickkleid in einer großen Tüte von zu Hause mitgebracht habe. Rasch ziehe ich mich um, wobei ich darauf achte, meine Frisur nicht wieder zu zerstören, und tausche die Socken gegen eine halb blickdichte Strumpfhose.

Ein letzter Blick in den Spiegel im Flur, dann taue ich mich in meiner ungewöhnlichen Aufmachung in das Wohnzimmer, wo bereits eine Flasche Sekt geöffnet wurde.

"Wer bist du und wo hast du Hellen gelassen?", fragt Amanda mich mit staunenden Augen. Und auch meine Eltern mustern mich mit erstaunten Blicken. Sogar mein Dad, von dem ich es nicht erwartet hätte, sagt mir, wie wunderschön ich aussehen würde. Ich kann nichts dagegen tun, dass ich rot werde, dann bedanke ich mich überschwänglicher, als es nötig wäre. Ich bin solche Komplimente einfach nicht gewohnt, aber es fühlt sich gut an.

Ich setze mich neben Amanda auf das Sofa und sie reicht mir, noch bevor ich mich in eine bequeme Position gebracht habe, ein gefülltes Sektglas mit den Worten. "Dann wird es lustiger."

"Weihnachten bei uns ist immer ziemlich lustig", sagt mein Dad, der die Situation amüsiert beobachtet hat. Lachend stimme ich ihm zu.

"Könnte aber auch daran liegen, dass wir immer schon vor dem Essen Sekt trinken."

Er zuckt nur mit den Schultern und prostet mir zu.

Vor Nervosität halte ich das Glas nur in den Händen und beobachte, wie sich Kondenswasser bildet und fein herunter perlt, um schließlich auf meiner Hand zu landen.

Ich schaue auf die Uhr auf dem Schrank links neben mir, deren Minutenzeiger immer ein paar Umdrehungen zu spät ist. Abzüglich dieser drei falschen Minuten ist es also 16:54 Uhr.

Ich werde mit jedem Sekundenschlag nervöser, beteilige mich nur mit dezentem Nicken oder leisem Zustimmen an der Unterhaltung, die sich um Haustiere und die besten Kuchenrezepte dreht – eine seltsame Kombination. Dad lächelt mich hin und wieder an, auch er schweigt mehr, als dass er spricht. Und dann, als ich für einen Moment fast nicht mehr dran gedacht habe, klingelt es erneut an der Tür.

Beim Aufspringen verschütte ich ein wenig von meinem Sekt. Unnötigerweise werfe ich in den Raum, dass ich an die Tür gehe und stolpere dann fast über den Teppich im Wohnzimmer. Vor der Tür muss ich kurz durchatmen, ehe ich öffne.

Und dann steht er vor mir.

Das hellblaue Hemd, das er trägt, steht ihm so unglaublich gut, dass ich meine, keine Luft mehr zu bekommen. Er schaut mich mit diesem schiefen Lächeln aus seinen definierten Gesichtszügen an. Und dort ist auch noch etwas anderes, was ich nicht kenne und genauso wenig deuten kann, und mein Herz droht zu explodieren. Augenblicklich fangen meine Handflächen an zu schwitzen, aber bevor ich etwas sagen kann, nimmt Chris mich in den Arm und küsst mich voller Liebe.

"Frohe Weihnachten, Süße. Du siehst einfach fantastisch aus."

"Frohe Weihnachten", gebe ich fast tonlos zurück "du siehst auch ziemlich gut aus." Meine Stimme ist kratzig vor Glück. Dann aber lässt Chris mich los und ich werfe einen Blick auf Jimmy, der eine Tüte trägt, die viel zu schwer für ihn zu sein scheint. Ich gehe in die Hocke, um auch ihn in den Arm nehmen zu können.

"Frohe Weihnachten", sage ich in seine dichten, braunen Haare und er erwidert es schüchtern.

"Soll ich dir die Tüte wieder abnehmen, Kumpel?", will Chris wissen, aber Jimmy schüttelt energisch den Kopf.

"Na dann kommt mal rein", sage ich und schiebe die Tür ein Stück weiter auf. Jimmy hantiert mit der Tüte voller Geschenke und zieht sich ungelenk seine dunkelroten Turnschuhe aus, sein Bruder stellt seine schwarzen Sneaker daneben. Ich sehe, dass beide Weihnachtssocken anhaben, und muss den ganzen Weg ins Wohnzimmer hinein schmunzeln.

Als wir zu dritt das Zimmer betreten und ich in das Gesicht von Mum blicke, meine ich darin eine ähnliche Nervosität zu spüren wie sie auch in meinen Adern pocht. Ein wenig fürchte ich mich vor der Szene, die uns nun bevorsteht. Ich habe noch nie einen Mann meinen Eltern vorgestellt. Die Freunde, die ich bisher hatte, waren allesamt sehr kurzweilige Beziehungen. Nur ein Mann stach da bisher jemals hervor, aber damals war ich siebzehn und hatte nicht den Mumm, meinen Eltern davon zu erzählen. Nicht, dass sie es nicht trotzdem gemerkt und gewusst hätten, aber ich habe Ryan nie meinen Eltern vorgestellt und musste mir dann, als er sich wegen einem anderen Mädchen von mir getrennt hat, die verrücktesten Geschichten für meine vielen Tränen ausdenken.

Ich beobachte, wie Chris auf meine Eltern zugeht, die sich parallel von ihren Sofas erheben
und Jimmy und ihn erwartungsvoll ansehen.

"Mum, Dad, Amanda: Das sind Chris und
Jimmy", stelle ich die beiden neuen Gäste vor. Es
fühlt sich absolut richtig an und doch finde ich
die Situation ungewohnt, weil ich sie sonst nur
aus Filmen kenne.

"Frohe Weihnachten zusammen. Und danke,
dass wir hier sein dürfen", sagt Chris und reicht
erst meinem Dad die Hand, der dabei freundschaftlich eine Hand auf seine Schulter legt.
Jimmy schüttelt derweil gut erzogen und schüchtern jedem die Hand und murmelt leise Weih-
nachtsgrüße vor sich hin. Dann wendet Chris sich
Mum zu und die fackelt nicht lange, sondern
nimmt ihn in eine liebevolle Umarmung. "Ich
freue mich auch sehr, dass ihr hier seid."

Zu guter Letzt stellt auch Amanda sich allen
vor. Ich hatte Angst, dass sie sich fehl am Platze
fühlen könnte, aber sie blüht auf und nimmt sich
Jimmy an, der schließlich etwas verloren mit der
Tüte voller Geschenke mitten im Wohnzimmer
steht. Gemeinsam legen sie all die mitgebrachten
Päckchen unter den Baum und im Anschluss hebt
Amanda den Kleinen kurzerhand auf ihren
Schoß, wo er sich sichtlich wohlfühlt und

wodurch auch Amanda förmlich aufzublühen scheint.

Chris sitzt direkt neben mir und unsere kleinen Finger berühren sich. Ständig werfe ich ihm kurze Blicke zu. Er sieht einfach unverschämt gut aus. Und er ist hier. Bei uns.

Es ist fast zu schön, um wahr zu sein.

"Kann ich noch was helfen?", will Chris mit Blick zu meinen Eltern wissen.

"Nein, wir sind mit allem fertig", entgegnet Mum. "Und selbst wenn es nicht so wäre, würde ich dich nicht helfen lassen. Ihr seid unsere Gäste."

"Danke. Das bedeutet uns viel. Stimmt's Kumpel?", er wendet sich an seinen Bruder und wuschelt Jimmy in dieser so vertrauten Geste durch die Haare, dieser schüttelt sich peinlich berührt, stimmt aber zu.

"Das wird das schönste Weihnachten, das ich jemals hatte", prophezeit Jimmy und wir alle sind gleichermaßen ergriffen von seinen Worten. Mum wischt sich in einer verstohlenen Geste sogar eine Träne aus dem Augenwinkel.

"Da sind wir schon zwei, die dieser Meinung sind", schließt Amanda sich dem noch immer auf ihrem Schoß sitzenden Jungen an.

Mit gespielter Feierlichkeit hebt Chris die Hand. "Drei."

"Jetzt hört aber auf, sonst weine ich gleich wie ein Schlosshund in die Bratensoße, bevor ich sie auf den Tisch stellen kann", beschwert meine Mum sich, hat aber einen unendlich liebevollen Ton angeschlagen.

Dad legt seine Hand auf die ihre. Die Vertrautheit zwischen den beiden erwärmt mein Herz.

"Ich glaube", sagt Dad dann, "das wird für uns alle das bisher schönste Weihnachtsfest werden. Wir hatten unser Haus noch nie voll mit so viel Liebe."

-

Wir essen Braten, bis wir alle fast platzen und streiten uns dann so intensiv darüber, wer nun sitzen bleibt und wer den Tisch abräumt, dass wir schließlich alle die Teller, Töpfe und Schüsseln in die Küche räumen. Sogar Jimmy wuselt zwischen den Beinen von uns Erwachsenen herum und legt die Untersetzer wieder an ihren Platz, wirf benutzte Servietten in den Mülleimer und bringt uns mit seiner aufgedrehten Art zum Lachen.

Dad hatte recht, als er sagte, dass das für uns alle das schönste Fest sein wird. Von dem mürrischen Mann, den ich vor einigen Wochen kennengelernt habe, ist nichts mehr übrig. Und auch, wenn ich weiß, dass es dunkle und helle Tage geben wird, so bin ich mir sicher, dass Chris, Jimmy und ich sie werden meistern können. Selbst all diese alltäglichen Situationen und die Gespräche über Chris' Arbeit, über Dads aufblühende Backkünste oder die Flohmärkte, auf denen Amanda ihre kuriose Sammelleidenschaft ausleben kann, sind alle ein bisschen schöner mit diesem Mann. Es ist so, als wäre mein Leben besonderer geworden, als wüsste ich plötzlich all die kleinen Dinge viel mehr zu schätzen.

Als hätte Chris Franklin mich zu einem anderen Menschen gemacht. Einem besseren Menschen.

Wir erheben uns und gehen ins Wohnzimmer, weil Jimmy ungeduldig darauf drängt, endlich Geschenke auspacken zu können. Und auch, wenn es keiner wirklich zugeben würde, geht es uns allen nicht anders. Und dennoch: Dieser Abend ist mehr als eine Bescherung für mich. Es ist eine Bereicherung. Glück, Freude, Liebe, Familie, Freundschaft. Und – das wohl Allerwichtigste – Hoffnung. Denn das ist es, was uns dazu anspornt, weiterzumachen. Etwas zu ändern. Man selbst zu sein und sich doch nicht auf dem auszuruhen, was man ist, sondern danach zu streben, was man sein kann. Hoffnung sind schöne Gedanken und liebe Worte und manchmal vielleicht auch, dass man Trauer nicht nur zulässt, sondern sie lebt.

Und manchmal bedeutet Hoffnung, dass man kämpfen muss.

Ohne Hoffnung im Herzen funktioniert das Leben nicht.

"Lasst uns Geschenke auspacken", rufe ich.

Epilog

Amanda

Der Anhänger in Form eines Plüsch-Pudels baumelt an Hellens Schlüsselbund, als sie gerade dabei ist, die Tür zu ihrer Wohnung aufzuschließen. Jedes Mal, wenn ich sie dabei beobachte, muss ich lächeln. Das Weihnachtsgeschenk von Jimmy – keiner weiß, warum es ausgerechnet ein Pudel sein musste – erinnert mich immer wieder daran, was für wunderbare Freunde ich finden durfte.

In einer fließenden Bewegung, die Hellen wahrscheinlich gar nicht recht bewusst ist, stößt sie mit dem Fuß die Tür auf.

Ein letztes Mal.

"Ich kann es nicht wirklich glauben, dass du wegziehst."

Hellen dreht sich erschrocken um. "Und ich kann nicht glauben, dass du es nach so vielen Jahren noch immer schaffst, mich unbemerkt zu beobachten."

"Ich habe eben lange genug üben können und meine Kunst perfektioniert."

Ich trete ein paar Schritte aus meiner Wohnung heraus. Im Treppenhaus ist es ungewöhnlich warm für Mitte Februar. Der Winter hat Rye zwar noch fest im Griff, aber gerade nachmittags scheint die Sonne manchmal so stark durch das große Fenster im Treppenflur, dass sie einer guten Heizung gleichkommt.

"Ich würde dir einen Kaffee anbieten, aber die Maschine steht schon bei Chris", sagt Hellen mit entschuldigendem Blick.

Ich winke ab. "Ich würde dir einen Rum anbieten, aber ich weiß, dass du auf dem Sprung bist. Ich wollte dich nur noch einmal umarmen." Damit trete ich auch die letzten Stufen auf sie zu und drücke sie an mich. Dabei rutscht mein glitzernder Flauschpullover ein wenig hoch und entblößt mein Unterhemd, das mit Bananen mit Sonnenbrillen bedruckt ist.

"Ich bin doch nicht aus der Welt, ich ziehe nur ein paar Straßen weiter", beschwichtigt Hellen, drückt mich aber genauso fest an sich.

"Ich weiß doch, Kleine. Und spätestens, wenn ich mich einmal die Woche bei deiner Mutter einlade, werden wir uns dabei früher oder später sehen. Du wirst deine liebste Nachbarin schon nicht vergessen, glaub mir. Dafür werde ich sorgen."

Hellen lacht laut und wirft dabei ihre gelockten Haare durch die Luft.

"Trotzdem ging das jetzt alles ganz schön schnell", sage ich. Dieser Satz ist mir in den letzten Tagen sehr oft über die Lippen gekommen. Und ich kenne auch schon Hellens Antwort, kann sie eigentlich mitsprechen.

"Wenn Claires Schwester nicht herkommen müsste und dringend eine Wohnung bräuchte, dann würde ich es vielleicht nicht machen. Aber es fühlt sich richtig an, zu Chris und Jimmy zu ziehen. Und ich helfe damit meiner Chefin. Jetzt, wo ihr zweites Kind auf dem Weg ist, hat sie sicherlich keine Lust darauf, dass ihre jüngere Schwester noch Tag und Nacht bei ihr ist."

"Hoffentlich kann sie sich benehmen", murre ich. Ich bin etwas skeptisch, vor allem, nachdem Hellen mir erzählt hat, dass diese Cecily sich eigentlich schon vor Jahren so mit ihrer Schwester Claire zerstritten hat, dass sie nie mehr ein Wort miteinander wechseln wollten. Nun aber hat Cecily ihren Verlobten mit einer anderen im Bett erwischt und flüchtet aus London in die wohl kleinste Stadt Englands. Und noch dazu direkt in meine Nachbarwohnung.

Ich weiß nicht genau, was ich von dieser ganzen Sache halten soll. Aber Hellen davon abhalten? Diese Idee wäre mir nie gekommen. Dafür ist sie mit Chris einfach zu glücklich. Und wer weiß, vielleicht brauchte sie ja auch einfach diesen kleinen Schubser, um mal etwas Verrücktes zu machen.

Ein kleiner Stoß in die richtige Richtung, gewissermaßen.

Hellen tätschelt meine Schulter. "Du wirst dir Cecily schon erziehen."

Ich winke ab. "Da habe ich keine Zweifel." Dann schauen wir uns noch einmal freundschaftlich an.

"Melde dich, wenn was ist, okay?", nehme ich Hellen ein Versprechen ab, dass sie mir eigentlich schon mehrfach gegeben hat. Sie rollt vergnügt die Augen. "Auf jeden Fall. Ich will nur noch einmal schauen, ob ich nicht doch was vergessen habe. Und dann lege ich den Schlüssel unter die Fußmatte, wenn Cecily dann irgendwann heute Nacht hier aufkreuzt."

"Ich werde hier stehen und auf sie warten", sage ich, verpasse meiner Vorwarnung aber ein Zwinkern, als würde ich einen Spaß machen.

Hellen und ich wissen trotzdem, dass es stimmt.

Kleine Anmerkung am Ende

Als ich Ende September eines Abends die Idee hatte, unbedingt einen Weihnachts-Kurzroman schreiben zu wollen, habe ich nicht gedacht, dass das noch was werden kann. ;-) Aber nun hast du Hellen und Chris kennengelernt und freust dich hoffentlich ein Stückchen mehr auf Weihnachten. Ich hoffe sehr, dass ich dir ein paar kuschelige Momente bereiten konnte!

Wie immer sind alle Parallelen zu echten Menschen unbeabsichtigt. Rye gibt es allerdings wirklich, genauso wie die beschriebene Kirche. Archies Café entsprang meiner Fantasie aber genauso wie Claire's Werkzeugkasten. Ich bin mir aber sicher, dass beide Geschäfte sich gut in der englischen Kleinstadt machen würden.

Danke an alle, die das hier möglich gemacht haben. Familie, Freunde, Testleser, Blogger – ihr wisst, dass ihr gemeint seid und dass ihr alle einen besonderen Platz in meinem Herzen habt.

Und danke auch an dich, weil du ein Teil von meinem Traum bist und dieses Buch gelesen hast.

Ich freue mich über jede Rückmeldung, über Bilder und Rezensionen oder einfach auch eine Mail. Schreib mir gerne an bianca.magens@gmx.de oder folge mir auf Instagram, Facebook und Co.

Und nun bleibt mir nur noch eins: FROHE WEIHNACHTEN!

Lust auf mehr?

Jasminblütensommer von Bianca Magens

Darum geht's:

Mona kann es kaum glauben: Gerade sie wird von ihrem Chef zu ihrem allerersten Projekt ins Ausland geschickt. Und dann auch noch direkt nach Tunesien. Als Gartengestalterin soll sie die Anlage eines Hotels auf Vordermann bringen. Was voller Vorfreude startet, wird jedoch schnell zu einer Herausforderung. Denn nicht nur mit einer vollkommen neuen Kultur muss sie sich arrangieren, es gibt auch unliebsame deutsche Urlauber, die ihr den Aufenthalt schwer machen wollen, ein achtköpfiges Team, das ihr ungeplant zur Seite steht und mit dessen Eigenarten sie erst einmal klar kommen muss, und einen Hoteldirektor, dessen liebstes Kleidungsstück eine Krawatte mit kleinen Kamelen ist. Und dann wäre da auch noch Karim, aus dem Mona einfach nicht schlau wird ...

Weil ich dich noch immer liebe von Bianca Magens

Darum geht's:

Eine Frau, die in London einen Neuanfang wagt. Ein Mann, der alles zu haben scheint und dessen Leben dennoch von heute auf morgen auf den Kopf gestellt wird. Und eine Liebe, die zeigt, dass alles möglich ist.

Maggie und Adam verbindet nichts, außer dem Bewerbungsgespräch, das sie führen. Sie ist unsicher und schüchtern, er selbstbewusst und steht mit beiden Beinen fest im scheinbar perfekten Leben. Doch schon bald wird klar, dass ihre Leben fester ineinander verwoben sind, als sie geahnt haben, und dass dem Schicksal egal ist, woher du kommst oder wer du bist.

Leseprobe "Weil ich dich noch immer liebe" von
Bianca Magens

Maggie

Ein letzter Blick auf meine Armbanduhr. 9.29 Uhr,
eine Minute zu früh. Ich öffne langsam und vorsichtig die Eingangstür der Bar. Ein leicht drückender,
aber keinesfalls muffiger Geruch schlägt mir entgegen und zeugt davon, dass diese Tür heute noch
nicht länger als wenige Sekunden offen gestanden
hat. Als ich eintrete, umhüllt mich leise Hip-Hop Musik. Die Bässe wummern trotz der geringen Lautstärke unter meiner Haut und vermischen sich mit
meinem aufgeregten Herzschlag.

Mit vorsichtigen Schritten gehe ich in die Mitte des
Raumes. Zögernd, abwartend. Nervös.

Gemütliche vielfarbige Sessel umrunden niedrige
Mosaik-Tische. Es ist trotz der vielen Lampen, die an
den Wänden ringsherum angebracht sind und die
sich brüderlich mit denen verbinden, die an der Au-
ßenfassade angebracht sind, relativ dunkel. Eine
lange und ähnlich diffus beleuchtete Theke schlän-
gelt sich gegenüber von mir an der Wand entlang,
dahinter mehrere Regalbretter, auf denen Flaschen in
allen erdenklichen Formen und Farben stehen. An
den Unterseiten der Bretter leuchten schmale LED-
Lampen und spiegeln sich vielfach in den bauchigen

Glasflaschen ringsherum. Ordentlich reihen sich Gläser an einer Seite der Theke auf. Große, kleine oder solche mit Griff. Wenn ich nur bei einem Bruchteil davon wüsste, wofür sie gebraucht werden, dann könnte ich mich bereits als Experte einstufen. Da ich aber von Alkohol kaum eine Ahnung habe, kehren die Zweifel schnell zurück. Vielleicht war es doch keine so gute Idee, sich in einer Bar zu bewerben.

Den Gedanken, wie es dazu kam, würde ich nur zu gern verdrängen, aber ich kann es nicht. Noch an dem Abend, an dem mein Vater es mit seinen Ansprüchen, ich solle wie er endlich in die Politik gehen, übertrieben hatte, habe ich mich bei meinem Onkel Brian gemeldet. Dass dieser nach monatelanger Funkstille so schnell einwilligt, mich bei sich aufzunehmen, habe ich genauso wenig erwartet wie die Reaktion meiner Eltern. Denn während mein Vater überhaupt nichts von meinem fluchtartigen Verschwinden mitbekommen hat, weil irgendein Treffen wieder wichtiger war als seine Tochter, hat meine Mutter bloß still geweint und mich ziehen lassen.

Das war vor rund zwei Monaten und seitdem habe ich nicht nur die weite Strecke zwischen meinem amerikanischen Heimatdorf nahe Cleveland und London hinter mich gebracht, sondern vor allem nichts mehr von meinen Eltern gehört. Es ist nicht so, dass ich sie nicht vermissen würde. Und es ist auch nicht so, dass ich alleine und mit diesen plötzlichen

Pflichten und der Verantwortung, die ein Leben auf eigenen Beinen birgt, sonderlich gut klarkommen würde. Ich war schon immer eher der Mensch, dem feste Bestandteile in seinem Leben wichtig waren. Fremden Menschen kann ich meistens nur langsam vertrauen, neuen Situationen stehe ich grundsätzlich skeptisch gegenüber. Dass viele Menschen mich auf den ersten Blick als unsicher beschreiben würden, spiegelt nur zu gut das wieder, was tatsächlich in meinem Inneren herrscht. Es ist nicht so, als würde ich nicht versuchen, immer und überall einen kompetenten Eindruck machen zu wollen. Doch sobald eine Situation, die ich nicht kenne oder die ich im schlimmsten Fall nicht einmal grob einschätzen kann, auf mich zukommt, schrillen bei mir jegliche Alarmglocken. Und dann fehlt meist nur noch ein schiefer Blick in scheinbar alltäglichen Situationen und ich bin so verunsichert, dass ich beinahe vergesse zu atmen.

Nun stehe ich hier und will mich in einer Bar bewerben, von der ich aus dem Internet weiß, wie angesagt sie sein muss und die ich entdeckt habe, weil ich, mit Google Maps und dem GPS Signal meines Handys ausgerüstet, wie ein Tourist alle beliebten Bars im Umkreis von fünfzehn Kilometern im Internet durchsucht habe. Bei rund einem Dutzend habe ich angerufen und gefragt, ob sie eine Aushilfe gebrauchen können, bei elf davon gab es lediglich eine unfreundliche Absage. Weil ich meine Ersparnisse aber nicht weiter ausschöpfen will, obwohl ich noch einige Wochen damit über die Runden käme, stehe ich nun in der einzigen Bar, die mich nicht sofort abgewiesen hat.

Außer beim Rasenmähen bei unserem ehemaligen Nachbarn Mr Dash habe ich mich noch nie daran versucht, eigenes Geld zu verdienen, weil es bei dem guten Einkommen und einem mehr als großzügigen Taschengeld meines Dads einfach nicht nötig war. Vielleicht hat er damit zu kompensieren versucht, dass er im Grunde nie da war. Heute verfluche ich ihn sogar für seine Großzügigkeit.

Jetzt stehe ich hier, verunsichert und alleine, schäme mich für meine unreife Idee. Vermutlich ist es besser, sofort den Rücktritt zu planen, bevor mich überhaupt jemand gesehen hat. Es gibt sicherlich auch andere Orte, an denen man als junge Frau Geld verdienen kann. Vielleicht frage ich bei McDonalds nach, da wird doch immer jemand gebraucht, oder etwa nicht? Mein Entschluss steht fest, ich drehe mich um, will die Bar gerade verlassen. Doch anstatt wieder hinaus auf die Straße zu treten und der Situation zu entfliehen, blicke ich direkt auf eine Männerbrust in schwarzem Sweatshirt. Ich stoße einen spitzen Schrei aus und hüpfe mit wenig Eleganz einen halben Meter nach hinten.

So viel dann wohl zum Thema Souveränität in fremden Situationen.

"Oh, Entschuldigung, ich wollte dich nicht erschrecken."

Ich höre die Worte, bin mir ihrer Bedeutung im ersten Augenblick allerdings nicht bewusst. Als ich meinen Kopf etwas hebe, um den Ursprung der Worte wahrzunehmen und sie dadurch vielleicht besser verstehen zu können, erkenne ich, dass zu der Stimme ein schief lächelndes Gesicht mit dunklem, dichten Bart und glitzernden haselnussbraunen Augen gehört. Der Mann ist auf den ersten Blick älter als ich, aber es könnte auch der Bart sein, der diesen Eindruck erweckt.

"… normalerweise so, dass in meiner Bar nicht einfach mitten am Tag fremde Frauen herumstehen."

Hat er etwas gesagt? *Oh Gott.*

Ich habe zu lange gestarrt. Röte schießt mir übers Gesicht bis in die Ohrläppchen und ich merke, dass mich der Mann fragend mustert. Das Lächeln auf seinen Lippen ist nicht verschwunden, es ist jedoch schwächer geworden. Und – wenn mich nicht alles täuscht – noch ein bisschen schiefer.

Maggie, du musst antworten!

Meine Gedanken drehen sich im Kreis. Dabei bleiben sie leider ziemlich oft an diesem wirklich sehr gut aussehenden Äußeren hängen, was nicht gerade förderlich ist. Was mein Inneres Ich mir versucht mitzuteilen, ist mir natürlich bewusst. Es ist nur so, dass ich nicht weiß, was ich sagen soll. Auf ein Vorstellungsgespräch hätte ich zwar vorbereitet sein sollen, aber erst kamen meine Selbstzweifel mir in die Quere. Und dann ein hübscher Mann, der mich aus dem kleinen bisschen Konzept, das ich hatte, gebracht hat. Ob dieses Aussehen zu der Stimme passt, mit der ich telefoniert habe? Von meiner Vorstellung her hätte ich ihn völlig anders beschrieben, aber es wäre nicht das erste Mal, dass mir ebendiese Vorstellung einen Streich gespielt hat. Nicht, dass mich seine breiten Schultern und die Tatsache, dass er mich um ein gutes Stück überragt, stören würden.

"Alles okay?", fragt der Mann und hebt eine Augenbraue, um seine Worte zu unterstreichen. Diese leicht buschigen Augenbrauen, die von einem genauso tiefen Schwarz sind wie sein Bart und das Shirt, das er trägt. Ich bringe ein zögerliches Nicken zustande. Das scheint ihn fürs Erste zu besänftigen, denn das Lächeln kehrt auf seine Lippen zurück. Etwas verspätet nehme ich wahr, dass er mir seine Hand entgegenstreckt.

"Ich bin Adam, mir gehört die Bar hier. Also, naja, eigentlich meinem Bruder und mir, aber er ist selten da." Sein Lachen erfüllt den Raum. "Wenn du mir jetzt noch deinen Namen verrätst, dann könnte das mit unserer kleinen Vorstellungsrunde etwas werden."

"Ähm ja. Maggie. Hallo."

Meine Stimme ist kaum mehr als ein Flüstern. Seine Ansage hätte ich bei jedem anderen als provokant aufgefasst, aber das spielerische Lächeln in seinem Gesicht nimmt jede Schärfe aus seinen Worten.

"Maggie also." Seine Augen blitzen. "Freut mich, dich kennenzulernen."

Adam

Das Erste, was mir an ihr auffällt, ist ihre Unsicherheit. Und ich habe das Gefühl, dass ich sie ein wenig überrumpelt habe. Ich stelle mir die Frage, wie sie es überhaupt geschafft hat, in den Laden zu kommen, obwohl er lange noch nicht geöffnet hat. Am wahrscheinlichsten ist es, dass einer der Mitarbeiter gestern Abend vergessen hat, die Eingangstür zuzusperren. Das passiert häufiger, als es sollte, aber für gewöhnlich steht am nächsten Morgen keine fremde Frau mitten im Raum. Für später nehme ich mir vor, einen Blick auf den Dienstplan zu werfen. Immerhin könnte es keine junge Frau, sondern ein Einbrecher sein, der mich hier überrascht. Aus nahe liegenden Gründen ist mir eine hübsche Frau lieber.

"Wenn du zum Reden bereit bist, dann erkläre mir doch bitte, warum du hier so verloren stehst, Maggie."

Die Szene amüsiert mich und ich merke, wie sie ein wenig zusammenzuckt, als ich ihren Namen am Satzende betone, ihn extra ein wenig langsamer ausspreche als den Rest. Sie merkt es sofort. Ihr Blick wandert rasch nach unten und sie mustert verunsichert den orientalisch anmutenden Teppichboden. Dann räuspert sie sich und gibt den ersten vollständigen Satz seit unserer Bekanntschaft von sich.

"Ich bin wegen des Jobs hier. Aber ich bin mir nicht sicher, ob –"

"Wegen des Jobs?", unterbreche ich sie harscher, als ich sollte. Das erste Mal verrutscht mein Lächeln und ich merke zu spät, dass nun ich derjenige bin, der sie anstarrt. Welcher Job? Neben meinem Bruder und mir gibt es drei Mitarbeiter, und das reicht völlig aus, um den Laden am Laufen zu halten.

Maggies herzförmiges Gesicht nimmt erneut eine rötliche Farbe an, als sich unsere Blicke treffen. Dann schüttelt sie leicht den Kopf und ihre an den Seiten herabhängenden Haarsträhnen wippen hin und her. Das natürliche Braun ihrer Haare spielt auf eine beeindruckende Weise mit ihren grünen Augen zusammen. Sie hat dickes Haar, das zwar gepflegt, aber natürlich gekräuselt und damit etwas wirr aussieht. Sie macht nicht den Eindruck auf mich, als wäre sie ein Püppchen, dem alles daran liegt, ein gutes Auftreten zu haben und bewundert zu werden, aber dennoch ist sie sehr stilsicher. So, als ob sie sich Gedanken um ihr Äußeres macht, ohne diese Angewohnheit dabei zu sehr auszuleben. Die gedeckten Farben ihrer modernen Kleidung passen gut zueinander. Ihre leicht schimmernden Lippen verziehen sich bei ihren nächsten Worten unglücklich nach unten.

"Das muss alles ein großes Missverständnis sein. Es tut mir leid, ich wollte hier nicht einfach reinplatzen. Ich dachte, ich hätte ein Vorstellungsgespräch, aber wenn Sie der Chef sind und mich nicht erwarten, dann muss es mein Fehler sein. Danke trotzdem."

Ein zaghaftes Lächeln erscheint auf ihrem Gesicht, das sowohl entschuldigend als auch niedergeschlagen wirkt. Mir entgeht nicht, dass sie den Fehler sofort bei sich selbst sucht, obwohl es auch ein Missverständnis meinerseits sein könnte. Meine harsche Unterbrechung hat allerdings sicher nicht dazu beigetragen, dass sie sich besser fühlt.

Sie wendet sich von mir ab und bewegt sich Richtung Ausgangstür. Ich weiß tatsächlich nichts von einem Plan, eine neue Mitarbeiterin einzustellen. Es konnte nur mein Bruder dahinterstecken. Sofort meldet sich Ärger in mir. Das kann nicht sein Ernst sein, mich einfach ohne Vorwarnung in eine solche Situation zu verfrachten.

Und so schnell mich der Ärger über diesen Alleingang, den er sich erlaubt, überkommt, schleicht sich beim Gedanken an meinen Bruder auch ein anderes, mir nur allzu vertrautes Gefühl an. Es wäre besser, wenn diese Frau genauso schnell aus meinem Leben verschwände, wie sie hereingeschneit kam. Sie wäre in meinem Leben nur ein weiterer Faktor, der es nötig macht, aufzupassen. Wenn ich sie tatsächlich einstellen würde, dann müsste ich jeden ihrer Schritte begleiten. Und müsste versuchen, sie von meinem Bruder fernzuhalten. So lange es irgendwie geht.

Ich hätte niemals so nett sein dürfen. Und dennoch ist mir beinahe schmerzlich bewusst, dass sie für diese Lage genauso wenig verantwortlich ist wie ich.

Noch bevor sie die Tür erreicht hatte, hielt ich sie auf. "Du sollst Du zu mir sagen." Ihre Augenbrauen wandern verwundert in die Höhe, als sie abrupt stehen bleibt und sich erneut zu mir wendet. So, wie sie dort steht, erinnert sie mich an ein ängstliches Reh im Licht zweier Autoscheinwerfer.

"Und ich denke, wir finden eine Lösung für unser kleines Problem."